神さまのいる書店·冬を越えて咲く花

神居書店

越冬之花

三萩千夜—著　緋華璃—譯

目錄

序章

飄著雪的往日回憶

發芽是生命的開端……
是在冰凍成石、熬過冬天的種子裡竄動的生命，
誕生於這個世界的瞬間。
剛伸出觸角的小小嫩芽，
雖然還弱不禁風，
但也是對接下來的一生充滿了希望與期待的瞬間。

——摘自萩川千夜著《花的一生》

窗外的雪花靜靜飄落。
冬天的陽光冷冽而靜謐，彷彿連聲音也為之凍結。
就連滿布塵埃但似乎又有一股甜甜味道的書庫裡，也充滿了冰冷的空氣。

有張搖椅擺在書庫旁，椅子上坐著一位老婆婆，少女一屁股坐在老婆婆腳邊的木頭地板上。老婆婆年約七十歲上下，少女大概才剛上小學吧。

「英子，會不會冷？」

老婆婆以擔心的語氣問少女——英子。

英子搖搖頭。

「不要緊，我穿得很暖。」

「這樣啊，那就好。」

「奶奶，今天也唸這本書給我聽嘛！」

英子抓住搖椅的把手央求老婆婆，老婆婆眉開眼笑地說：「好啊。」翻開手邊一本古老的書。英子從老婆婆的背後偷看那本書的內容。

自從在這間書庫相遇的那一天起，英子就要老婆婆唸這本書給她聽。已經唸了好幾天，還沒唸到最後一頁。

「今天好像就能唸完囉，我瞧瞧——『花兒……』」

英子全神貫注地側耳傾聽老婆婆朗讀，視線望向書中的內容。書裡的文字對還是小學低年級的英子有如外星文，但是時不時出現的美麗花卉插圖將英子吸進書中的世界裡。雖然已經褪色了，但也因此有股成熟的風味，引人入勝。

「『……花朵再度綻放，而且是一朵非常美麗的花。』唸完了。」

老婆婆唸完最後一句時，英子對老婆婆說：

「英子知道喔！花會落下種子，再從種子裡開出花來。」

「沒錯，就是這樣。妳知道得很多嘛。」

「夏天的時候啊，牽牛花會開花，也是在那個時候產生種子喔。」

「是嗎是嗎？那一定很漂亮吧。」

「嗯，奶奶看過牽牛花嗎？」

「看過啊，除了牽牛花以外，也看過很多花喔。」

「像是什麼？」

「像是櫻花啊、梅花啊，還有蒲公英、白花三葉草、向日葵、菊花、繡球花、水仙、菖蒲、桔梗、山茶花和杜鵑花……梔子花和桂花的味道很香喔……嗯，數也數不清呢。」

英子邊聽邊想起盛開在小學校園裡的櫻花及蒲公英、白花三葉草、向日葵。不過，除此以外的花名她都沒聽過。或許看過，只是無法將名字與樣子連起來。

「哇……好多噢……奶奶，這本書的花是什麼花？」

英子指著老婆婆剛才唸給她聽的那本書的封面。封面是格子花紋，到處妝點著白色與黃色的花。

「這是玫瑰花喔！白玫瑰和黃玫瑰。」

「妳看過這種花嗎？」

「沒有，還沒看過呢。」

「想看嗎？」

「這個嘛，想是想……可是這一帶並沒有這種花，所以不容易看到。如果是白色或黃色的就更困難了。」

「那，英子給妳看！」

「這樣啊，英子要給奶奶看嗎？」

聽到她這麼說，老婆婆似乎很高興，眼角的皺紋都擠在一起了。

「嗯，英子會讓奶奶看到真正的玫瑰花，打勾勾。」

「打勾勾嗎？啊……好期待啊。」

老婆婆試圖用自己指節粗糙的小指勾住英子伸出來的纖纖小指。

——只見老婆婆的指頭毫無阻礙地穿過英子的指尖。

啊……老婆婆發出遺憾的嘆息，然後彷彿要為無法與她勾手指一事道歉似地輕輕說了聲：「真對不起。」

英子搖搖頭說：

「沒關係，就算不能打勾勾，英子也會記得這個約定！我一定會讓奶奶看到真正的玫瑰花！我們約好了！」

老婆婆受驚似地睜大了雙眼，然後隨即露出笑容。

「……嗯，約定好了。奶奶會拭目以待的。」

第一章

自殘的書

指尖都凍僵了，就連翻書也變得很困難的季節。

埼玉縣幸魂市也進入這樣的冬天。

「唔……好冷……突然變得好冷噢……」

讀美將圍在脖子上的紅色圍巾拉高到嘴邊，喃喃自語。

眼下是十二月上旬，距離一年過去，只剩下不到一個月的時間。

空氣乾燥得似乎忘了溼度的存在，天空染上冬天的深藍色，藍得彷彿要把人吸進去。

現在時刻為九點過四十分左右。這個時段還微微地殘留著清晨的涼意，刺骨的寒風從穿在身上的大衣縫隙鑽進來，毫不留情地帶走人們的體溫。每個人吐出的氣息都像一朵朵小小的白雲，在空氣裡擴散消失。據早上的新聞說，似乎創下了今年最冷的紀錄。

讀美外婆給她的幸運草髮夾或許因為是金屬製的，今天早上冷得扎手。本來就已經很不靈巧的手指又凍得不聽使喚，無法讓髮夾乖乖地夾住劉海，所以今天的劉海有些亂七八糟。

讀美真心覺得已經受夠了這樣的寒冷，快步地從大宮站往冰川神社的方向前進。

目的地是今年夏天開始打工的地方。

就在冰川神社附近，一個叫裏道通三番地的地方，名稱是「桃源屋書店」。

那是一家不可思議的書店，販賣著名為「幻本」——棲息著靈魂的書。

今天是一般人的假日，讀美卻排入要去那家桃源屋書店打工。

不同於自由自在、每天都能隨心所欲的暑假，現在平日幾乎一整天都被綁在學校裡，只有放學後才能去打工。因此，只有不用上學的週末假日，才能從早到晚泡在打工的地方。讀美每週都很期待能在這家桃源屋書店裡度過一整天的假日。因為那是她最喜歡的地方……因為那裡有她想見的人。

……一想到那個人的事，胸口就彷彿燃起一小簇火苗般地溫暖起來。

穿街過巷來到冰川參道上，與讀美最初在盛夏經過時看到的景象截然不同的風貌映入眼簾。原本枝繁葉茂，宛如層層疊疊著翠綠色鱗片的樹冠，就像幻影般地消失無蹤，如今呈現在眼前的樹木全都光禿禿地露出了枝椏。

或許是因為那樣子看起來實在太寒磣，讀美不禁覺得吹過參道的風又更冷了幾分，一心只想趕快去書店。

在已經走得熟門熟路的參道上右轉，穿過竹林的羊腸小徑，走在有如迷宮般的住宅區裡。

讀美加快腳步朝書店前進。

鑽進門內，穿過庭園的正前方，有一座宛若白色教堂的建築物——推開那間桃源屋書店的大門走進去，讀美不由自主地呼出一口氣。

令人如釋重負的溫暖空氣，與來自書本、讓人彷彿置身於糕點店裡的淡淡香氣，舒緩了因為暴露在外面的空氣裡而變得僵硬的身體。

「早安！」

讀美踏進店裡打招呼。

這麼一來，有隻小狗蹬蹬蹬蹬地跑了過來。

那是袖珍書的幻本——豆太。頭上頂著袖珍書的本體，呈現出豆柴的模樣，其實是這家書店的鎮店之狗……不對，是鎮店之書。至於豆柴的部分，則是它的靈魂本來應有的姿態。

「豆太，早安。」

「汪！」

「並先生和朔夜來了嗎？」

「我在這裡。」

回應她的聲音令讀美心裡突突一跳。

朔夜從書架間探出臉來，在書店內的燈光照明下，只見他的金髮燦亮生輝。他就是讀美每天朝思暮想的人。正打算回答，聲音卻不受控制地拔尖。

「早、早安，朔夜。並先生還沒來嗎？」

「早。並的話，我想再過一會兒就會到了，他說現在正在路上。」

「在路上？」

「他好像去了東京都內一趟，要我們跟平常一樣先開始工作。總之先把東西放下，穿上圍裙吧。」

「嗯，就這麼辦。」

讀美回答後走進店裡，走到一半還回過頭來，偷偷地看了朔夜一眼。

朔夜邊和在腳邊打轉的豆太嬉鬧，邊把書放回書架上，身上穿著書店店員專用的苔綠色圍裙。
看著他的模樣，讀美又想起往事。
想起今年夏天初相遇的時候，朔夜還是一本書的事。
想起他變成人類的事，想起已經可以觸摸他的事。
「早安，讀美。」
這時，有人向讀美問好。
聲音的主人行蹤飄忽地從書架間現身，是篤武。
他就跟以前的朔夜一樣，是幻本裡的人。穿著白色的襯衫，戴著書呆子般的眼鏡，右手抱著自己的本體——一本厚厚的白色字典。
「早安，篤武，你今天也很帥耶。」
「那當然，因為不曉得我的讀者什麼時候會出現。為了讓他喜歡上我，得隨時作好萬全的準備才行。」
篤武用右手的中指推了推眼鏡，以嚴肅的表情說道。
「我也想趕快變成朔夜那樣，不對，是一定要變成那樣。」
「我、我支持你。」
讀美留下一抹苦笑，急忙離開現場。

朔夜之所以會變成人類，或許跟讀美不無關係——雖然無法確定真偽，但是在這家書店裡，以上儼然已經成為一個結論。或許是身為書本的朔夜與身為讀者的讀美「兩情相悅」，所以朔夜「想成為人類」的願望才得以實現，或許是這家書店的「神」實現了他的願望。

因此，每次提到朔夜變成人類的事，讀美都會覺得有些臉紅心跳，因為等於是重新體認到自己現在的心情。

雖說是「兩情相悅」，但實際上讀美和朔夜既沒交往，也沒互相確認彼此的心意。她心裡當然耿耿於懷，朔夜是怎麼看我的？而我對朔夜……

為了不要再深思下去，讀美用力地搖頭，在書店後面換上圍裙。她想自然地面對朔夜，不想因為過於在意而破壞現在這種舒服的關係。

跟平常一樣，跟平常一樣……讀美在心裡告訴自己，就在她做好上工的準備，回到店裡的時候。

「大家早安！」聲音是從入口傳來的。

看樣子是並回來了。

讀美跟著迎上前去的豆太走向門口，穿著黑色大衣的並正好走進來。

他的老管家徒爾也跟他一起，肌肉崢嶸的龐然巨體，尾隨著並走了進來——

冷不防，讀美的目光停留在他的背後。

朔夜和篤武也同樣看著徒爾的身後，靜止不動，唯有朔夜腳邊的豆太激動地猛搖尾巴。

眾人視線的前端，有個抱著黑色書本、素未謀面的女孩。

年紀大約是國中生左右，長著一雙看起來有些盛氣凌人的雙眼，但顏色很淺，是個很可愛的女孩子。明明是從外面進來的，卻沒穿外套，身上只有一件綴著蕾絲的單薄黑色連身洋裝。

然而，比起這些，更令讀美在意的是她身上都是傷。

脖子和手等看得到的地方皆傷痕累累，雖然沒有出血，但就像是摔了無數次跤，跌出滿身的擦傷。還以為所幸沒有傷到臉，但仔細一看，就連藏在劉海底下的額頭也有彷彿被一刀劃開、慘不忍睹的傷痕。

讀美覺得很不可思議，只見並笑容滿面地說：

「好，我為大家介紹一下，這位是芽衣小妹。來吧，芽衣小妹……」

「可以不要加上小妹二字嗎？感覺很噁心。」

並的笑容凍結在臉上。

書店裡的人全都啞口無言，女孩一臉心不甘情不願地向眾人低頭致意。動作小到不仔細看便看不出來她到底有沒有低下頭去，幾乎只是角度的誤差。

「呃……那就芽衣，這位是讀美，朔夜，還有篤武。」

在並的介紹下，讀美行禮如儀地低下頭去，朔夜一動也不動地把手抱在胸前，篤武則是推了一下眼鏡。

「我想大家也都注意到了，芽衣是一本幻本，希望大家能與她和睦相處……」

「大可不必，請不要理我。」

女孩以一臉不領情的表情撂下這句話。就連並也不知如何是好，臉上浮現出苦笑，用指尖搔了搔臉頰。

不理會這樣的並，女孩問他：「我要待在哪裡？」只見她東張西望地把書架看了一遍。

讀美心驚膽戰地看著她的手邊。

因為她只用一隻手，用就連看的人也不禁擔心起來的粗魯手法，抓著應為自己本體的黑色書本。不要緊吧？那樣拿，要是掉下來的話……讀美想到這裡，不禁展開推理，該不會就是因為那樣拿掉下來，才會搞得那樣傷痕累累的？

「呃，這個嘛，哪裡都可以，隨妳高興……可是芽衣，在那之前，有件事要妳做……」

並的話還沒講完，他口中名為芽衣的女孩已經大步流星地打橫切過讀美他們面前……消失在書架裡。

「啊……走掉了……」

並放下下意識想追上去而伸出去的手，垂頭喪氣地垮下肩膀來。

「並，她該不會是被你綁架回來的吧？」

朔夜默不作聲地看著一連串的發展，皺著眉挖苦。並連忙矢口否認。

「怎麼可能？我確實徵求過她的同意了。」

「這句話從你口中講出來，總覺得有股犯罪的味道。」

「咦，怎麼會？居然敢對這麼爽朗的老闆說這種話，真是太沒禮貌了你……沒辦法，扣你的薪水吧！」並笑咪咪地說。

「喂，你這個外表天真、內心狡詐的老闆。」朔夜的臉頰抽搐著。

「可是既然如此，為什麼會是那種反應，她看起來超不高興的不是嗎？」

「我也不知道為什麼，可是，我的確是得到她的同意，才帶她來這裡的……等一下朔夜，我是說真的，別用那種眼神看我。」

並揮舞著雙手，試圖遮住朔夜直勾勾地瞇起眼睛盯著他看的視線。

「所以說……就是這樣，雖然她那樣說，還是希望大家能好好相處。」

「沒問題，我身為前輩，後輩就交給我吧！」

篤武抬頭挺胸地說。

「篤武，你似乎很有衝勁呢。」

「因為她是我第一個後輩嘛！」

並苦笑地說，讓篤武更加霸氣外露。

的確，篤武來到這裡已經三個月了……這段期間別說是人形的幻本了，就連動物形態的幻本也沒出現在書店裡，所以對他來說，芽衣或許真的是他「第一個後輩」。

讀美不是不明白他幹勁滿滿的心情，因為篤武來書店的時候，讀美也是同樣的心情，而篤武也把讀美當成前輩。

「真是的，那種態度不行呢！我得好好地教育她才行。」

「她是個心思細膩的孩子，所以不要太勉強她喔！」

「並先生太溫柔了啦！所以才會讓那種黃毛丫頭爬到你頭上撒野。」

「不，要是她願意爬到我頭上撒野倒還好……」

篤武的話讓並的表情蒙上一層陰影。

並沉默了好一會兒，不知在想些什麼，然後唐突地將視線射向讀美身上。

「……讀美，我有話想跟妳說，可以借一步說話嗎？」

「咦？好啊，沒問題。」

「外面很冷，記得拿外套。」

讀美照他的提醒回到店裡，把剛脫下來的大衣套在圍裙外面，然後回到站在門口等她的並身邊。

「那就稍微出去走走吧……喂喂，朔夜，不要擺出那種臉色，我不會對讀美怎麼樣的。」

被並這麼一說，朔夜瞠目結舌地瞪大了眼睛。

「笨蛋……才不是你想的那樣！我只是有點好奇你們要聊什麼而已！」

「如果你想知道的話，也可以一起來喔。」

「不用，我才不去，我要做事。」

朔夜沒好氣地轉過身去，然後背對著並，走向店裡。

「篤武，幫忙整理。」

「欸？朔夜，感覺你好像把氣出在我身上。」

「少囉嗦，小心我把你塞回書架上喔。」

被瞪的篤武絮絮叨叨地嘟囔著「好可怕啊！」跟著朔夜走開了。

看完這齣戲，讀美和並一起走到書店外。朔夜表示在意的反應讓她感到些許的羞怯與溫暖，相比之下，外面的寒冷根本不算什麼。

走到書店外，急遽降低的氣溫讓身體不由自主地發起抖來。彷彿光是呼吸，就會讓在書店裡儲存下來的熱氣跑光。

「抱歉啊讀美，這麼冷的時候還跟妳在外面說話。也可以去我家，但幾句話就結束了，所以還是在這裡談吧？」

讀美搓著手，試著提升體溫時，並靠著書店的外牆，開始娓娓道來。

「沒關係，在這裡就可以了……所以呢，你要說什麼？」

「是關於芽衣的事。」

讀美也有預感應該是這件事。

只是不曉得為什麼會找上自己。

「我今天早上去她主人那裡，從二手書店把芽衣接過來，這是有原因的……嗯，還是先告訴妳好了。反正就算我不說，妳也很快就會知道的。」

並抱著胳膊，唸唸有詞，然後「嗯」地點了個頭，以一臉為難的表情，自言自語似地細說從頭。

「那個……芽衣是一本『自殘的書』。」

「自殘……你是指自己傷害自己的自殘嗎？」

「是的。」並對讀美的反問表示同意地微微頷首。

「呃……你是指她會做出像是割腕那種自殘行為嗎？」

「就是這麼回事。人類的話，就像妳說的那樣……但是芽衣的情況說得具體一點，就是會撕書。像這樣，撕成一條一條的。」

「咦，怎、怎麼會……為什麼要這麼做……」

讀美怎麼也沒辦法相信，書竟然會自己撕破自己的內頁。

幻本的本體一旦受傷，靈魂也會感到痛楚。就跟人類一旦受傷，會覺得疼痛是一樣的道理。更何況，要是損傷得太嚴重，最糟的情況……最糟的情況會變成骸本。

所謂的骸本，指的是靈魂已經離開幻本的書……換句話說，一旦變成骸本，就意味著死亡。

因此當朔夜還是幻本的時候，總是珍而重之地抱著自己的本體，篤武也小心翼翼地不讓本體受傷或汙損。

但，芽衣卻故意傷害自己的本體？

「那個，封面的傷也是嗎？」

「封面的？哦，那個嗎？呃，那個是怎麼弄的……我也不清楚。要傷成那樣也不是不行，但我認為那是用刀子之類的利刃造成的傷口。」

「所以是有人弄的囉？」

「或許是吧，也或許不是。現在唯一能確定的，就是除此以外的傷口都是她自己造成的結果。」

「為什麼要這麼做……」

「嗯……很遺憾，我也不知道她為什麼要這麼做。要是知道的話，或許就能阻止她了。」

並抱著胳膊，以彷彿面對考試難題的煩惱表情念念有詞。

「……總而言之，我們能為她做的，就只有盯著她，不要讓她跨過會讓自己真正沒命的那條線，還有就是把她修補好。畢竟也不能不管她的心情，強硬地阻止她自殘的行為。」

「說得也是……所以你才會只告訴我嗎？」

「嗯，剛才雖然也叫朔夜一起來……可是一想到那傢伙曾經也是幻本，一旦察覺到芽衣做的事，心情肯定很複雜吧，所以就不太想讓他知道了。篤武又那麼想變成人類，感覺會比朔夜更難接受這種事……不過我想大家遲早都會發現的。」

讀美同意。的確很困難……並的顧慮顯然是正確的。

「她的傷有多嚴重呢？」

「其實已經到了希望能立刻為她修補的狀態了。我猜一定很痛，因為跟人類不一樣，放著也不會自己好……我剛才說有事要她做，就是指修補這件事。」

「既然如此，可不是在這裡慢慢討論的時候……並先生，趕快為她修補吧！」

讀美的催促只是讓並抱著胳膊嘟嘟囔囔地說：「嗯……這個嘛……」似乎不怎麼來勁的樣子。

他馬上就說明了原因。

「其實在回到這裡以前，我碰到過她的本體，似乎讓她非常不高興，氣沖沖地說：『這是性騷擾，請不要碰我。』我明明打算小心翼翼地接觸她……所以我猜她大概已經不會讓我碰了，我也很難主動出手。」

聽到這裡，讀美有股不祥的預感。

並微微一笑。

「讀美的觀察力很敏銳，真是太好了。」

「不，我什麼都不知道，什麼都沒感覺到。」

「別這麼謙虛嘛，我很清楚妳已經知道我要說什麼了……就是這樣，芽衣的事就拜託妳了。」

並輕輕地拍了拍她的肩膀，讀美情不自禁地抱頭苦思。

不祥的預感命中了。並把爛攤子整個丟給她。

「請等一下，我還沒有修補過意識清醒的人形幻本！」

「我一開始也沒經驗啊！可是啊，任何人都是從沒經驗開始的。只是讀美第一次處理這樣的幻本剛好是芽衣，如此而已。」

「才沒有你說得這麼輕鬆，請不要說得這麼簡單！」

「問題是，芽衣又不讓我碰她。篤武自己都是幻本了，朔夜就像我剛才講的那樣沒辦法指望，而且要那傢伙去對付女生也很不方便。再說了，妳也不願意吧？」

「咦？我為什麼不願意……」

「那傢伙會碰到別的女生喔！」

並露齒一笑。

讀美惡狠狠地瞪著並。仔細想想，她的確不太樂見這種事發生也說不定……

並這種不由分說的感覺……雖然不是朔夜，但讀美也在心裡罵了一句「這個陰險的傢伙」。現在的他顯然一點都不天真，他是故意的。

「那徒爾先生如何？他的廚藝那麼好，手肯定很靈巧吧？」

「徒爾知道這整件事，手也的確很靈巧，但是他不曾修補過幻本，再說芽衣也很怕他，所以不行。」

也是──讀美被說服了。徒爾乍看之下的確很兇惡的樣子，身材也很高大，或許有人真的會怕他。可是這麼一來……

「結果只剩我了嘛。」

「一百分的回答。」

並似乎很滿意地用力點頭，讀美則是心灰意冷地垮著肩膀。

「如此這般，麻煩妳了。我雖然是以半開玩笑的語氣在說這件事，但我想會很辛苦喔。看到芽衣剛才的反應，我想妳大概也知道她是個什麼樣的孩子了……她可不是會乖乖答應讓妳修補的孩子，我想應該很難對付。」

「可是……就算她嘴裡說不要，不補好的話或許會死掉不是嗎？」

「嗯，就是這麼回事。」

並一臉寂寥地看了書店的方向一眼。可以的話，他其實是想現在就親手把她補好吧。

讀美不確定自己辦不辦得到……但是也不能放著受傷的書不管。如果這件事發生在千里遠的地方自然另當別論，但芽衣已經來到這家書店了。她既然來到這裡，就表示或許能由讀美親手拯救她也說不定。

「我明白了，我會盡力而為。」

讀美回到書店裡，邊脫大衣邊思考。

該如何修補芽衣呢？

對於這個名叫芽衣的女孩，讀美一無所知，就連話都還沒說過，所以想了解也無從了解起。

「……嗯，說得也是，還是先跟她說說話吧。」

讀美穿著圍裙，回到書架的方向，站在剛才芽衣消失的書架前。

「那個……芽衣，聽得見嗎？妳還醒著吧？呃……我有點話想跟妳說。」

讀美試著叫她，但該說是果不其然嗎？沒有反應。

其他幻本們如果要回應她的呼喚，都會從架上出來，換句話說，讀美理解到芽衣不打算理她。讀美對這種不理不睬的態度很敏感，因為以前心裡受到的創傷尚未完全痊癒。

或許是因為這樣吧，老實說……她對芽衣的態度有點火大。

她對讀美而言根本是個素昧平生的人，卻要讀美治療這種人的傷口——這時該說是修補才對——當事人不肯合作的話，根本一點辦法也沒有。她雖然告訴並會試試看，但本人不給碰的話，根本無計可施。

「妳在幹嘛？」

正當讀美煩惱著不知該怎麼辦的時候，或許是在旁邊看到她的一籌莫展吧，朔夜問她。

「我想跟芽衣說話，但她沒反應。」

「是並拜託妳的嗎？」

被他說中了，讀美行使緘默權。朔夜似乎認為她這種反應就是默認的意思。

「拒絕就好啦，該說妳是濫好人還是什麼呢……」

「沒辦法拒絕嘛！就是有沒辦法拒絕的原因嘛！」

「哼……算了，原因暫且跳過。照她剛才的樣子看來，妳這樣叫她，她還是不會有反應的。與其說是在睡覺，更像是不想理妳吧。」

「果然是這樣嗎……嗯，該怎麼辦才好呢？」

「不怎麼辦。看是要隨她去，還是霸王硬上弓。」

「霸王硬上弓？」

「硬把她拖出來，像是把她從被窩裡拖出來那樣。不過，我個人是不太推薦這種強迫對方的做法……喂，妳有在聽我說話嗎？」

不顧朔夜的阻止，讀美把手伸向芽衣的書，慎重地，但是看在旁人眼中可能會覺得她的動作很大膽地將手指放在書本上方，把書拿出來。讀美覺得過於小心翼翼也不太好，打算比照平常把書從架子裡拿出來的方式來處理芽衣的書。

像這樣把書拿出來，用雙手捧在胸前……於是從書裡冒出一陣白煙，逐漸匯聚成人形。

芽衣柳眉倒豎地站在讀美面前。

該說是老樣子嗎，似乎比剛才更不高興了。這當然是讀美自找的。

「幹嘛？找我有什麼事？」

「芽衣，對不起。呃，我先對硬把妳拉出來的事道歉。剛才並先生介紹過了，我叫讀美，在這家書店打工，至於找妳有什麼事嘛……妳需要修補吧？」

「是那個人告訴妳的嗎？」芽衣以氣鼓鼓的表情回答。那個人指的是並吧，她似乎真的很討厭並，這種稱呼方式讓本人聽到了，肯定會很傷心的。

「是的，所以他拜託我……因為我們都是女生，他認為這樣或許比較好。」

並也知道芽衣討厭他，但讀美認為這種理由還是不要告訴她的好，所以避重就輕地解釋了一下。

芽衣觀察了讀美好一會兒，然後才把目光落在自己的書上。

「這倒是。比起那個人，妳似乎還好一點。」

被說成還好一點，讀美也只能苦笑。然而，芽衣的說法雖然有點刺耳，但是可以視為她同意接受修補吧。事情發展至此，似乎也讓朔夜鬆了一口氣，把接下來的事交給讀美，回到自己的工作崗位上。

「這樣啊，那妳可以過來這邊嗎？事不宜遲，現在就開始修補吧！」

「不要。」

正要走向櫃臺的讀美沒想到會慘遭拒絕，不由得停下腳步。

「咦？為、為什麼？」

「不為什麼，就是不需要修補的意思。」

芽衣轉頭，避開讀美的視線。那一瞬間，她的劉海輕晃，露出額頭上的傷口。

「怎麼可能不需要？那傷口很痛吧？還是補一下比較好。」

「這是我自己的本體，旁人沒資格說三道四。更何況，我並不討厭痛。」

「不討厭……」

「我還比較討厭有人不負責任地介入我的生活，請妳不要管我。」

芽衣貌似要她別再找自己說話地背向讀美，轉身離去。

「就算妳要我別管妳……」

讀美眼看著芽衣消失在書架之間，垂頭喪氣地嘆息。

隔天，再隔天，讀美始終很有耐心地問芽衣要不要修補。

然而，芽衣也始終頑強地拒絕。

就在以上情況持續了好幾天的放學後。

今天是每週一次輪到讀美當圖書委員的日子。剛把工作做完的讀美，在圖書室隔壁的司書室裡，向管理圖書的典子老師請教芽衣的事。

「……就是這樣，害我不曉得該怎麼辦才好。」

讀美坐在空位上，捧著典子給她的馬克杯嘀咕著。

熱氣從暖和的杯緣緩緩上升，撩撥著鼻尖。杯子裡是洋甘菊茶，散發出蘋果般的溫和香氣，讓讀美覺得通體舒暢。

「新來的女孩是有點棘手的孩子呢！」

「說得也是……或許真的有點棘手……」

「老師似乎可以想像並那個手足無措的樣子。」

典子坐在讀美對面，邊喝茶邊苦笑著說。

「可是紙山同學想修好那孩子。」

「我是這樣想的。當然也因為是並先生拜託我的，但我自己也想救她……可是，她說比起疼痛，她更討厭有人不負責任地介入她的生活，不讓我修補……」

典子聽到這裡，喝了一口茶：「原來如此啊……」然後盯著杯子裡的茶看了好一會兒……或許是整理好想法了，她「嗯」地點點頭，開口說道：

「紙山同學，老師有個想法。」

「請說。」

「這不也表示只要負起責任，就能介入她的生活嗎？」

讀美下意識地發出「咦」的一聲。

「嗯……」典子揚起視線來，問眨著眼睛的讀美：「那孩子並不是對妳說『別碰我』吧？」

「欸？嗯，對。這麼說來……她好像對並先生這麼說了……可是，她也要我別管她。」

「因為不是那孩子本人，所以老師也不敢說得太武斷……有人嘴裡要其他人別管他，其實心裡是希望其他人別不管他的。那孩子是真的希望妳不要管她嗎？」

「這個嘛……我也不知道……」

不知道。雖然覺得好像是真的……

這時，讀美想起芽衣對她說過「妳還好一點」，於是她把這件事告訴典子。

這麼一來，典子微微一笑說：

「是嗎？那麼紙山同學的待遇豈不是比並好多了？妳應該高興的。」

「老師，這種事值得高興嗎……」

「當然值得高興啊！因為那孩子斬釘截鐵地要並『別碰她』，卻對妳說『妳比他好一點』。比被並碰好一點，就表示沒那麼討厭被妳碰不是嗎？」

「是這樣的嗎……也可能只是五十步笑百步。」

「是有可能。」典子苦笑著說。讀美大失所望地在椅子上低著頭。

「……可是，這只是老師的臆測，那孩子會不會其實並不是真的希望其他人別管她？因為如果真的希望你們別管她，如果真想一個人待著，就不會去那家書店了。拒絕的理由應該要多少有多少，並也不是那種會強行把真心排斥的人或書帶走的人。」

「這個嘛……或許是這樣沒錯……」

「或許跟那孩子的情況不太一樣，但老師啊，認識更麻煩的人喔！正確地說，是曾經很麻煩的人。」

「咦？」讀美盯著典子的臉。

典子似乎想起那個人的事，嘴角綻放出笑意。

「就算找他說話，那個人也都不理不睬喔！」

「不理不睬嗎？」

「沒錯，一個字也不回答，連視線也不肯與我交會喔！簡直當我不存在似的。」

讀美光是想像就覺得頭很痛。

不理不睬是件很恐怖的事，這點她在國中時代有非常深刻的體會。更何況，即使像典子那樣主動進擊，一旦對方沒有反應，關係就無法再進一步發展下去。

「那是我這輩子最深刻地領悟到，原來喜歡的相反並不是討厭，而是漠不關心。可是啊，老師好想了解那個人……每次遇見他的時候都一直找他說話。像是今天精神好嗎？天氣好好噢之類的。什麼話題都好，只要能讓他有反應就行了，真是拚了老命。」

「老師還真是積極呢！」

「因為我想和他變成好朋友嘛……我猜自己是對他一見鍾情了。」

典子露出少女般的微笑，讀美也忍不住繼續追問下去：

「然後呢，後來怎麼樣了？那個人終於肯開口說話了嗎？」

「嗯。他的第一句話是『妳為什麼要跟我說話？』，很好笑吧？所以老師就說了，說：『我想和你變成好朋友。』結果那個人面紅耳赤，我從沒看過他那種表情。」

大概是真的很好笑吧，典子笑得前仰後合地說。

讀美探出身子傾聽，一邊覺得典子口中那個麻煩的人的說話方式似乎在哪裡聽過。印象中有人講話就是那樣一板一眼的……

「從此以後，我們就開始一點一滴地聊起來，現在已經是非常要好的朋友了。」

「太好了……那個，老師，那個人該不會是我認識的人吧？」

讀美想起桃源屋書店那位肌肉崢嶸的老管家，問道。只見典子嫣然一笑地回答：「妳自己猜吧。」顯然不肯告訴她。

「我並不是要妳照老師對那個人的方法做，畢竟人與人的關係沒有這麼單純——妳的情況是人與書的關係——該怎麼做並沒有正確解答。不過，有一件事是可以肯定的，那就是如果紙山同學不把妳的心意告訴對方，對方便無從知曉。」

「告訴對方嗎？」

「如果妳想幫助那孩子，就得告訴她妳想幫助她。把想做的事說出口，就會從中產生責任，而且光是說的話，並不會給對方帶來困擾。」

與此同時，典子似乎想起什麼，苦笑著補了一句：「像老師這麼死纏爛打的話，可能會讓對方很困擾就是了。」然後又自我開脫似地解釋：「可是誰叫那個人不阻止我呢。」這點也很像個少女。

的確，讀美並未對芽衣說出自己的心情。「補一補比較好」的說法只不過是類似對芽衣的忠告，最後還是希望由她自己決定。因為覺得若不這樣的話，好像是把自己的心情強加在對方身上。

「萬一她抵死不從，再放棄就是了，因此不妨把紙山同學擔心的事、想幫助她的事讓對方知道。至於要如何回應，就看那孩子了。」

「……就這麼辦。嗯，我試試看。」

結果她只想著要如何讓對方抓住自己伸出去的手，但是要不要抓住她的手，決定權還是在芽衣本人身上。因為再怎麼煩惱，讀美依舊不是她，只能照自己想到的方法，試著把手伸出去給她。

「老師，謝謝妳……我會試著把自己的心情告訴她的。」

讀美下定決心，一口氣喝光杯子裡剩下的洋甘菊茶。

「芽衣，請妳讓我修補。」

第二天，讀美在桃源屋書店遇到芽衣的時候，開口第一句話就是這個。

芽衣大吃一驚地眨了眨眼睛。

「妳突然吃錯什麼藥了？」

「我只是想把妳修補好而已，想說都沒有把自己的心意告訴妳。」

「什麼心意不心意的……」

「我想修好妳，我想修好妳嘛……所以，不能讓我修好妳嗎？」

芽衣狀似很困惑，輪流看著讀美和自己的本體。

然而，過沒多久就將嘴唇抿成一條線，冷冷地把頭轉開。

「……如果妳無論如何都想這麼做的話。」

芽衣的回答讓讀美忍不住反問：「什麼？」於是芽衣老大不耐煩地瞇著眼說：

「我是說，要我讓妳修補也可以。我不會再說第二次了。」

「謝、謝謝妳！沒錯沒錯，我無論如何都想修補妳！我想想喔，既然如此，我們去那邊吧，我馬上把妳修好！」

得到夢寐以求的答案，令讀美又驚又喜，催芽衣走向櫃臺。沒想到芽衣會這麼老實地答應她充滿內心戲的建議，或許芽衣其實並不是個壞孩子——讀美改變了對她的評價。

讀美坐在櫃臺內側的椅子上。

芽衣把本體的幻本放在櫃臺的桌上，與讀美面對面地在她面前的椅子上坐下。其實她就算不真的坐下也無所謂，但是朔夜在還是幻本的時候也做過同樣的事，所以讀美也理解到可能是那樣對彼此比較輕鬆吧，或者是顧慮到人類也說不定。

「我該怎麼做才好？」

「如果妳能像這樣把書打開的話，我會很感激的。」

讀美以手勢回答芽衣的問題。雖說修補的技術變好了，但還是一樣笨手笨腳，所以修補的時候也想借助幻本的幫助。要是可以不必用手按住想闔起來的書，就能把雙手都用在修補上，也比較能集中精神。

芽衣的書乍看之下一片黑，但其實好像是與花有關的詩集。描繪在黑色封面上的火紅玫瑰圖案，非常吸引人，美得令人屏息。

因此封面的傷痕實在太可惜了，讀美雖然沒有說出口，但心裡是這麼想的。割開封面的傷口長達十公分，尖銳得彷彿撕裂了玫瑰的花瓣。

「那麼，不好意思，我打開來看囉！」

讀美向芽衣道了聲歉，翻開她的本體。然後……大吃一驚。

只要看裡頭的靈魂——如果是人形的幻本，就是裡頭的人——的年齡，大概就能猜出幻本是何時出版的。芽衣看起來比讀美還要小，恐怕還只是國中生吧。

然而，她已經殘破不堪了。

紙質算是比較新的……可是用一句話來形容，傷痕累累。封面只有一處明顯的傷痕，但裡頭有很多零星破損的部分，甚至還有幾乎撕成碎片的部分。雖然還不到朔夜的本體破損時的程度，但無疑是很嚴重的。

不僅如此，也有用蠻力掀開的痕跡。書本的裝訂部分都已經裂開了，再這樣下去，內頁遲早有一天會掉出來吧。
「……那個，妳不是要修補嗎？可以快一點嗎？」
芽衣靜靜地瞪她一眼，讓因為狀態太糟糕而看到恍神的讀美趕緊回過神來。
「說得也是。嗯……馬上開始。」
讀美小心別讓芽衣發現自己的驚慌，立刻展開修補作業。
先調製用來把破損的頁面貼好的綜合膠，用毛筆將糨糊與木工用白膠在小碟子裡混合攪拌均勻。
與朔夜的本體比起來，芽衣的紙比較硬，而且帶有光澤。因此必須配合紙質調整糨糊與木工用白膠的比例及加水的分量。如果是柔軟的紙，綜合膠也比較軟，有時候甚至要調成幾乎與水無異的狀態，因幻本而異。
讀美的修補比並教她的時候進步許多，但是想也知道，手法尚未熟練到像並那麼靈巧，再加上這也是她第一次修補意識清醒的人形幻本。她沒有要看輕其他幻本的意思，但現在就像面對人類時一樣緊張。
這股緊張似乎也被芽衣發現了。
她目不轉睛地看著讀美的手，輕聲嘆息。

「……讀美不太擅長這種事吧。」

「啊……嗯、嗯。抱歉，我的手很笨。」

差點就說出的確是不太擅長了，讀美連忙把這句話吞回去。因為說出來的話，可能會讓芽衣對於把修補一事交給讀美感到不安，要是她說「還是算了」、「不勞妳費心」可就前功盡棄了。

「可、可是，我會好好處理的，別擔心。」

讀美向芽衣解釋，彷彿也是要說給自己聽，只要冷靜下來就能搞定。

芽衣只是一言不發地默默打開著幻本。

讀美將其視為修補的許可，開始修補芽衣破損的頁面。

把烘焙紙鋪在破破爛爛的部分，小心再小心地，集中精神塗上綜合膠，再把破掉的地方黏起來。倘若一頁有好幾個破損的地方，就先完成一個地方，再處理下一個地方……按部就班地完成所有的程序，再把那一頁闔起來。

不同於處理魂飛天外的朔夜那時候，芽衣本體的狀況還不算太緊急……讀美作出這樣的判斷，決定分成幾天進行修補。因為一次處理相鄰的頁面反而會增加失敗的風險，分成幾次還比較容易成功。

再加上傷口多到只花一天也實在處理不完，讀美決定今天盡可能修補好分散頁面的傷口，把剩下的部分留到後面。

「……明明不擅長，居然還想把我修好。」

當讀美補好第五個傷口時，芽衣主動對她說。害無法同時修補與說話的讀美狼狽地差點分心，連忙喊了一聲「等一下喔！」先搞定那部分的修補再說。

然後把筆放下，回答芽衣的問題。

「呃，不好意思，我補得很糟嗎？」

「不……我不是這個意思。不是這樣的，該說是不可思議嗎？我只是純粹地好奇妳為什麼會想要修好我，明明我還叫妳別管我。」

「看到妳這樣遍體鱗傷的，我怎麼可能放著妳不管？」

「反正修好也不可能再恢復成原本的完美無瑕了，只是白費妳的力氣。」

「有什麼關係，我認為這世上原本就沒有完美的東西。」

讀美認為自己就充滿了瑕疵。如果一定要完美的話，自己大概不配活在這個世上吧。

「而且才不是白費力氣呢！我不是說過嗎，我只是想要修好妳而已。」

「……一定常有人說妳是濫好人吧？」

讀美苦笑。前幾天才被朔夜說過，大概是被芽衣聽到了吧。

……話說回來，這孩子還真是想到什麼就說什麼呢！讀美心想。

雖然很駭人，但同時也覺得……覺得沒辦法討厭她。

想必她只是單純地把疑問丟出來，並沒有要傷害讀美、刺激讀美的意思吧。這點從讀美碰到她的本體就可以感覺得出來。光是她願意讓讀美碰她的本體，就表示她已經接受讀美了。

回想朔夜以前也曾經不讓她碰的事，讀美問一臉匪夷所思的芽衣：

「呃，我可以問妳一個問題嗎？如果妳不想說的話，可以不要回答。」

「什麼問題？」

「那個，關於這些傷……」

「哦……這些傷是我自己弄出來的。」

芽衣雲淡風輕地承認那是自己幹的好事。自殘——被並說中了。

不過，讀美想知道的並不是這件事。

「呃，不是的……這個並已經告訴過我了。」

「那是什麼？」

芽衣露出詫異的表情，讀美揀選著說詞……最後決定實話實說。總覺得芽衣不需要那些爾虞我詐的心理戰。

「妳為什麼要傷害自己的本體？因為破掉不是很痛嗎？妳說妳並不討厭痛，可是痛苦絕對不是一件好事吧？」

「讀美妳還太淺了，世界上也有人喜歡痛苦的。」

「或許是那樣沒錯。」

「我是不會停止的喔！」

芽衣對她聳聳肩。

「因為痛才有『自己就在這裡』的自覺，所以我並不討厭。」

「自覺？」

「沒錯，自覺。」

「在這裡？」

「類似存在的證明，可以充分地感受到這點。」

芽衣的解釋到此為止。讀美不曉得該說什麼才好。

老實說，她無法判斷芽衣是認真的，還是為了顧左右而言他才這麼說。為了得到自己就在這裡的自覺，痛發揮了作用，成為存在的證明。她從未想過這種事，但或許真有其事……

沉默降臨在一人與一書之間。

「那個……」

因為芽衣再度開口，讀美下意識地打起精神回答：「嗯！」

芽衣依舊一臉不高興的表情。

「糨糊會乾掉喔！要補的話請動作快一點。」

「啊……嗯，說得也是……」

這是兩人最後的對話，讀美重新展開芽衣的修補作業。

讀美把水加到因為乾燥而使得黏度增加的糨糊裡，使其軟化的同時，偷偷地看了一眼芽衣的方向。

芽衣望著遠方。

她的眼中沒有這裡，而是凝視著某個遙遠的地方。

讀美一面留意著她心不在焉的模樣，祈求上蒼能帶走她所感受的痛楚，輕手輕腳地將糨糊塗抹在她的本體上。

處理好今天能完成的部分之後，讀美把本體還給芽衣：「剩下的明天再繼續。」小心不要掉下來地讓她用雙手牢牢地接過去。

「要好好地拿著，直到黏糊確實固定為止喔！」

芽衣接過自己的本體，直勾勾地盯著用雙手捧著的幻本。

莫非是處理得不好，還是有什麼問題嗎？讀美感到愈來愈不安。然而，過了一會兒，芽衣低垂著雙眼，小聲地開口：

「……謝謝。」

說完，她從椅子上站了起來。

轉身背對讀美，回到常綠樹的幻本伸展著枝葉的書架上。

「沒問題……吧？」

讀美稍微鬆了一口氣，目送芽衣的身影消失在書架的森林裡。

第二天是星期六，讀美繼續對芽衣進行修補作業。

昨天修補的破損部分已經完全修好了，令讀美如釋重負。或許是因為本體已補好，芽衣手臂的傷痕也消失了。仔細看的話，雖然還殘留著一些淡淡的傷痕，但不仔細看是看不出來的。

讀美跟昨天一樣，與芽衣隔著櫃臺面對面坐著，翻開芽衣的本體，邊檢查要修補的地方邊問她：

「是不是沒那麼痛了？」

「嗯，至少修好的地方不痛了。」

「那今天再來修補其他地方吧！這麼一來，應該會更好一點。」

讀美說完，正打算開始修補——動作卻停了下來。

因為芽衣的本體有一道新的傷痕。

讀美記得很清楚，昨天那個部位並沒有受傷。

「芽衣，這是妳自己弄破的吧？」

「不行嗎？」

「不行啊，怎麼可以傷害自己的本體呢？」

「這是我的自由吧，讀美沒資格對我指手畫腳的。」

「當、當然有，因為我好不容易才把妳補好……」

「我可不記得拜託過妳。如果妳覺得徒勞，隨時都可以收手不幹。」

「想得美，我才不會放棄。我要繼續修補。」

讀美咬緊牙關忍下芽衣不當一回事的說法。

「是嗎？隨便妳。」

「嗯，隨便我。」

讀美繼續修補芽衣的本體。倘若芽衣的本體傷痕累累，那自己就要把那些傷全部補好。或許是賭氣……但這是讀美真心的想法。

固然不希望她再繼續傷害自己，但是要不要停下來，是芽衣才能決定的事。更重要的是，讀美找不到阻止她的說詞。自己現在能為她做的，就只有補好她的本體而已，那就徹底地補好她……

「妳無論如何都不肯停手嗎？」

……還是忍不住了。

或許不能阻止她，但讀美就是無法忍住不說。

自從去年夏天，目睹朔夜的本體變得支離破碎以來，讀美再也沒有看過這麼令人心痛的書。骸本幾乎都是因為自然劣化，導致魂飛魄散，所以不會看到這麼嚴重的狀態。

芽衣明明是活生生的幻本，本體卻傷成這樣。這輩子把書看得很重要的讀美實在無法視而不見。

「要是能停手的話，我就不用傷腦筋了。」

「妳是指即使明知不該這麼做，卻又控制不了自己嗎？」

「倒也不是。我是想這麼做才這麼做的。我討厭自己……這大概是在復仇吧。」

「復仇？」

「不懂意思的人，肯定終其一生也不會懂。」

復仇……芽衣昨天才說這是一種存在的證明。兩者都是她的真心話吧，如果是真的，是對什麼的復仇呢——讀美試圖思考，卻想不出個所以然來。可是，一定得想想辦法才行……

「……那個，芽衣，這家書店裡有神明喔！」

讀美將這家書店的秘密告訴芽衣，期待此舉或許能阻止她的行為。

芽衣柳眉微蹙地聽讀美說。

「神明？是什麼詭異的宗教嗎？好可疑……」

「才不是詭異的宗教，也不可疑，書店裡的人都知道這件事。」

「很可疑好嗎！因為這個世界上才沒有什麼神，我也不是三歲小孩了。」

「真的有啦！」讀美有些動氣地說。

「妳有證據嗎？」芽衣一臉置身事外地逼問她。

讀美指著櫃臺的左手邊。

「妳瞧，那裡有個神壇對吧？神也跟芽衣一樣，都是幻本，所以神的幻本就放在那裡。」

「那個……只不過是普通的幻本吧？幹嘛講得那麼誇張。」

「神會實現幻本想變成人類的願望喔！只是好像有個要與讀者兩情相悅的條件。」

讀美以正經的表情說道，芽衣目瞪口呆地瞇起眼。

「……那個，不好意思，妳的腦袋不要緊吧？」

「不要緊。妳認為我在說謊嗎？這是真的喔！因為朔夜本來也是幻本。」

「朔夜是那個金髮的人嗎……騙人的吧，莫名其妙。」

芽衣嗤之以鼻，令讀美情不自禁地怒火中燒。

「才沒有騙妳。朔夜直到前陣子都還是幻本……就連徒爾，原本也是幻本。篤武也因為想變成人類，正為了遇見他的讀者而努力著……我沒有騙妳。」

「哼……那麼請讓我見妳說的那個神。如果是幻本，既然本體在那裡，應該可以見到他吧。」

「……呃……這個嘛，我辦不到。」

讀美的欲言又止令芽衣微側螓首。

「辦不到嗎？」

「神不常現身，所以不容易看到。」

芽衣聽到這裡，微微地聳了聳肩，一副我就知道的模樣。

「那又怎能要求我相信他的存在呢？因為看不見的話，就跟不存在沒兩樣。」

「是真的啦！請相信我！」

讀美握拳，揮舞著拳頭強調，只見芽衣嘆了一口氣。

「……退一百步來說，假設妳沒有騙我好了，那又怎樣呢？」

「呃，也就是說，因為神是存在的，說不定哪一天會把芽衣變成人類……所以必須好好地珍惜自己的身體。」

「我又不想變成人類。」

「咦，是噢……？」

芽衣的話讓讀美不由自主地眨眼。

朔夜和篤武都想變成人類，所以她還以為幻本裡的人都想得到人類的肉體。可是，芽衣說她並非如此。

「我的願望不是這個。」

「這樣啊……抱歉，我還以為……」

「不用道歉，我想正常人都會這樣解釋……讀美。」

「嗯？什麼事？」

「假使神真的存在……可以幫我實現其他的心願嗎？」

「其他的心願？」

「……不，沒什麼。修補的動作請快一點，這還挺累人的。」

那一瞬間，讀美感覺自己好像窺見芽衣的內心世界，或許聽到什麼非常重要的關鍵。

只可惜，芽衣似乎又把心門關上了。

芽衣看著神壇的方向，而非讀美的方向。相較於其中學生的外表，她那略帶哀傷，彷彿耽溺於某種思緒裡的側臉，看在讀美眼中顯得非常成熟。

讀美一面修補，一面凝視芽衣的側臉。

然而，從她的側臉無法得知她口中「其他的心願」是什麼。

結束了一整天在書店裡的工作，讀美脫下苔綠色的圍裙。

「喔，辛苦了。」

朔夜來到身旁，同樣脫下圍裙，把圍裙掛到衣架上，放進置物櫃裡，披上與並很類似的黑色大衣。

這種充滿人味的舉動讓讀美想起他已經不是感覺不到冷熱的身體，已經不是幻本了。

「那個，朔夜……」

讀美出聲喚他。

「嗯？」朔夜望向讀美。「什麼事？」

「呃，那個，有件事想跟你商量一下。」

「商量……哦，那傢伙的事吧。」

朔夜看著書架的方向，聳肩。他已經知道芽衣會自殘的事了。

「可以啊，妳回去是搭電車吧。」

「嗯，從大宮站上車。」

「那就在那附近找個地方……我是說……我是說那個……」

「找個地方？」

讀美等他把話接下去，但朔夜的表情開始瞬息萬變，好不容易恢復到原來的表情時，他有些焦躁地嘆了一口氣，瞪了讀美一眼。

「……要去喝杯茶嗎？」

朔夜以不遜於徒爾的重低音說道。

讀美驚訝地忍不出發出「咦？」的一聲。

「啊～妳不想去就算了。」

「欸，啊，你誤會了！我沒有不想去，我只是嚇了一跳。」

「有必要嚇一跳嗎？」

「不是啦，該怎麼說呢……」

聽到朔夜講出這種話，不嚇一跳才奇怪吧。

或許是因為比還是幻本的時候更從容了，他變得溫柔許多。只可惜沒耐心的個性還是老樣子，這也是他第一次約自己喝茶……總之讀美嚇了一跳。

嚇了一跳……但也很開心。

「嘻嘻，謝謝你，朔夜。」

「犯不著向我道謝吧，我又沒說要請客。」

「我是向你願意同我商量的事道謝。」

「是喔，那我們走吧。」

見讀美嫣然一笑，朔夜露出傻眼的表情，抓起肩背包轉身就走。讀美也連忙拎著托特包追上去。豆太亦步亦趨地跟在兩人背後，似乎是要目送他們離開。

「怎麼？你們一起下班還真難得呢，是要去約會嗎？」

「……篤武，等一下你就知道了。」

篤武在店門口調侃他們，朔夜惡狠狠地瞪了他的本體一眼，用凶神惡煞的重低音回答。他把手指當成工作鉗，緊緊地抓住篤武的本體，直到篤武狼狽得大喊：「好痛好痛好痛好痛！嗚嗚……朔夜，這根本不是『等一下』嘛！是馬上好嗎？馬上。」

「『等一下』當然還有你好看的。」

「哇啊啊！」篤武發出不成語句的怪聲，只有腳邊的豆太很開心的樣子。

「那就明天見囉，篤武，豆太。」

「好的……兩位明天見。」

「汪！」

不理會淚眼汪汪地撫摸著本體的篤武，朔夜大步流星地走到店外，讀美也跟上去。

抬頭仰望走在身邊的側臉，朔夜的耳朵有點紅紅的。是因為外面冷颼颼……還是朔夜也感到害臊呢？讀美想著這件事，為了不讓手長腳長的朔夜把自己拋下，加快了腳步。

在只剩下常綠樹還有葉子、落葉樹已經光禿禿的有些寂寥的庭園裡，往大門口的方向走去。再平常不過的涼亭從右手邊映入眼簾，讓讀美產生一股不可思議的感覺。

季節與現在正好相反的今年夏天……讀美第一次見到在那個涼亭裡注視著本體的朔夜。那個朔夜如今就走在自己的旁邊，耳邊傳來他踩著枯葉的窸窸窣窣腳步聲。

已經可以碰到他了，只要想，還可以牽他的手——

「怎麼啦？」

朔夜察覺到她的視線問道，讀美連忙搖頭。

「沒、沒什麼，什麼也沒有。好冷噢，快點進店裡吧！」

「我完全不曉得這附近有什麼店，妳有什麼推薦的地方嗎？」

「喂，是你約我的耶。」

「……真不好意思啊。有什麼辦法嘛，我變成人類才三個月左右，對這一帶完全不熟。」
「可是你曾經瞞著並先生在街上蹓躂吧？」
「但我又沒有進去過餐廳，我當時又還不能吃東西。」
「原來如此。嗯……那你已經什麼都能吃了嗎？」
「總之暫時還沒有不敢吃的東西，好像也不會食物過敏的樣子。」
「這樣啊，那就去那邊的普通咖啡廳吧。」
「我不懂妳的普通是什麼意思，交給妳決定。」
「普通就是普通的意思！」
讀美和朔夜你一言、我一語地穿過冰川參道，轉進大宮的街道。
兩人走進位於參道一出來的咖啡廳。白牆的外觀很時髦，氣氛似乎也還不賴。上了樓梯，進到店裡，眼前是個北歐風的靜謐空間。
兩人面對面地坐在桌子兩邊。
讀美有些心跳加速。上次像這樣和朔夜面對面地坐著，是他還是幻本的時候，不由得有點懷念那個夏天發生的事。明明才經過三個月，感覺卻已經是很遙遠的事了，甚至還能感到一絲寂寥。
「這家店感覺好像我們店裡喔！」

朔夜將店內看了一圈說道。店內裝飾了大量的植物，的確很像桃源屋書店的店內，會覺得待起來很舒服肯定是因為這個緣故吧。

「朔夜，你要喝什麼？」

兩人端詳著店員送來的菜單。

「妳呢？」

「我看看，我要維也納咖啡。」

「維也納咖啡？」

「你不知道嗎？就是上頭有鮮奶油的咖啡。」

「不是。我的確也不知道這個……比起維也納，我不曉得咖啡是什麼。」

「這樣啊？啊，對了，並先生都喝紅茶，所以書店裡可能還沒出現過咖啡呢。」

「沒錯，再加上我才來過這種地方幾次。並經常會帶我出門，但那傢伙總是去一些看起來很貴的店，而且總是點紅茶，所以我也都點同樣的東西……算了，我跟妳一樣好了。」

「可以嗎？咖啡很苦喔。」

「凡事總有第一次嘛。」

朔夜貌似要挑戰生平第一杯咖啡，於是向店員點了兩杯維也納咖啡。過了一會兒，還冒著熱氣，上頭擠滿鮮奶油的咖啡便上桌了。

朔夜一瞬也不瞬地盯著咖啡杯，喝了一小口。

「……好苦。」

「這已經是咖啡裡比較甜的了……沒有鮮奶油的咖啡更苦喔！要加點砂糖試試嗎？」

「妳都這樣直接喝，覺得好喝嗎？」

「嗯，對呀，我覺得很好喝。」

「那我也這樣就好了。」

拒絕讀美的建議，朔夜直接喝著不加糖的維也納咖啡。感覺似乎有點勉強，只見他露出進退兩難的表情。

「——妳要跟我商量什麼？」

貌似已經確認完咖啡的味道了，朔夜率先切入重點，讀美點點頭，說出自己的想法。

「是關於芽衣的事……我不知道該怎麼辦才好。」

芽衣是書店的新成員，少女的幻本。讀美想阻止她自殘的行為，但又不曉得該怎麼做才好，不曉得該怎麼幫助她。

「我知道自己很雞婆，可是她明明那麼痛苦，如果我什麼都不做的話，總覺得過意不去。」

「妳並沒有什麼都不做吧，妳不是在修補她嗎？所以妳根本不需要覺得過意不去。」

「這個嘛……是這樣沒錯。」

「雞婆。」

「我……我不是說我知道了嗎……」

朔夜彷彿要吞下讀美的商量似的，將維也納咖啡送到嘴邊，嘟囔了一句「還是好苦啊！」再把杯子放回盤子上。

然後對讀美說：「什麼都不用做吧。妳要擔心是妳的自由，那傢伙想怎麼做也是她的自由。如果那傢伙想要傷害自己，妳是無法阻止的，也沒有權利阻止。」

「……話是這麼說沒錯……」

「我能理解妳看不下去的心情，就連我，看到她那樣……也覺得很不舒服。」

朔夜皺著眉頭，顯然不是因為咖啡的苦澀。

「我也曾經跟那傢伙一樣是幻本，可以想像搞成那樣會有多痛。可是我想變成人類，所以很寶貝自己的本體，也認為一定要視若珍寶才行……但那傢伙並不是這樣吧。所以不能把我的價值觀強加到她身上，現在只能靜觀其變。」

「芽衣說她並不想變成人類。」

「我就知道……要是想變成人類的話，才不會做出那種事。」

「……這麼說來，她還說過她有其他的心願。」

「其他的心願？」朔夜不解地側著頭。

讀美用雙手捧著咖啡杯，利用咖啡的溫度來暖手。

「她說她不想變成人類，卻問我神能不能幫忙實現其他的心願。因為我不知道，所以答不上來。」

「神會不會幫忙實現其他的心願嗎……嗯，我也不知道耶。因為我只聽說過『神會把幻本變成人類』……那傢伙還說了什麼嗎？」

「她說她討厭自己，還有——『這大概是在復仇』。」

「復仇？對誰的復仇？」

被朔夜這麼一問，讀美只能搖頭。她也想知道。

讀美沉默不語，小小的沉默如落葉般飄落在兩人之間。

「……不過，我也是。」

或許是為了讓氣氛不要那麼沉重，朔夜努力地以開朗的語氣娓娓道來。

「我也曾經很討厭自己，所以不是不能體會那傢伙的心情——想把自己搞得體無完膚的心情。或許所謂的復仇，指的就是這種心態吧。」

「朔夜也曾經想傷害自己嗎？」

「算是吧。比起傷害自己，更強烈的是做什麼都提不起勁的感覺。來到書店以後，因為想變成人類，所以才沒那麼做。但我想像我們這種幻本，肯定或多或少都有想破壞自己的心情。」

朔夜的話讓讀美陷入沉思。不只幻本，就連人類，或許也不例外。或多或少都有這種心情的人想必不少，讀美就是其中之一，經常打從心底地討厭自己。

「雖然很難，但現在只能靜觀其變，把那傢伙修補到不至於致命的程度吧。傷害自己，把自己搞得破破爛爛是那傢伙的選擇，妳不需要因此而感到自責喔！」

「嗯……」

「再加上，那傢伙可能會停手也說不定。」

「會停手嗎？」

「那傢伙大概也知道那種行為不可能一直持續下去。對了……」

朔夜思索著凝視著半空中。

「……只要能實現那傢伙的願望還是什麼的，或許她就會乾脆地停手了吧。或許她就能喜歡上自己，肯定自己也說不定。」

「朔夜……那個，你肯定自己了嗎？」

「嗯，我本來以為絕對無法改變了……託了某人的福呢。」

「某人？」

「太遲鈍了妳……託了……妳的福啦。」

這句話讓讀美愣住了。

託了我的福？因為我的關係，他肯定自己了？

理解這句話的意思的瞬間，臉頰熱了起來。

朔夜彷彿為了掩飾害臊，一口氣喝光了咖啡，抱怨著好苦好苦。讀美也小口地啜飲著咖啡……怎麼辦，非但不苦，感覺還比剛才甜多了。

讀美感到坐立不安，視線在店內飄來飄去。

於是，裝飾在窗邊的聖誕樹映入眼簾。

這麼說來，已經十二月了。再過兩個禮拜就要過年了，在那之前……

「……這麼說來，妳今年的聖誕節有什麼計畫？」

朔夜也同樣看著聖誕樹問她。

彷彿心裡想的事被看穿了，讀美大吃一驚，更加不知所措。

「欸，啊，聖誕節？我想想……對了，姊姊要回老家，問我要不要一起回去。」

「哦……這樣啊。那妳要回家嗎？」

是讀美多心嗎？朔夜看起來似乎有些遺憾的樣子。

「怎麼了？」

「沒什麼……只是有點好奇。」

朔夜言盡於此，然後就沒再提起這件事了。

彼此都喝完咖啡的時候，朔夜說：「天已經全黑了，回去吧。」站了起來。讀美也一起跟著走到收銀臺，「不用了，我請客。」結果由朔夜買單。

讀美向他道謝，和朔夜在店門口分手，走向車站。

一起在咖啡廳裡度過的時間好快樂，讀美希望改天能再一起來。再一起……不只是這裡……沒錯，還有聖誕節……

剛才那個始終令她耿耿於懷的話題又在胸口甦醒。

讀美不由自主地抬頭仰望漆黑的夜空，輕輕地呼出一口白色的嘆息。

第二章

煩惱如積雪般層層堆積

又過了一個禮拜的星期一。

現在是班會後的時間，今天的課已經結束了。

讀美趴在桌上，因為在課堂上煩惱了半天的事已經有結論了。

昨天回答的方式果然還是錯了嗎？

「讀美，怎麼啦？不舒服嗎？」

可能是真的很擔心吧，好友文香走到讀美的座位旁邊問她。

「沒什麼。」讀美坐起來，搖搖頭。「不是的，我很好喔。」

「真的嗎？我看妳一副愁眉苦臉的樣子，想說妳是不是肚子痛。」

「沒有啦，一點也不痛喔。不過，要說我看起來愁眉苦臉倒也沒錯……因為該怎麼說呢，我有點煩惱。」

讀美回答得不乾不脆的，令文香皺起了眉頭。

「有什麼煩惱？不想說的話也沒關係，但是如果妳不嫌棄的話，可以告訴我嗎？」

「謝謝妳，文香……那我就恭敬不如從命，請妳幫我出出主意了。」

「沒問題沒問題，我什麼都出給妳。」

讀美比以前更放心大膽地跟文香有商有量的。自從今年夏天的尾聲開始，就一直保持著這樣的關係。

認定文香是好朋友之後，找文香商量煩心事的門檻降低了許多，也不再擔心「萬一遭到背叛該怎麼辦？」。

更何況，她打從心底相信文香是不會背叛自己的。萬一真的有天遭到背叛，她也能相信現在這個瞬間的文香肯定是值得信任的。

或許是因為如此，目前與文香的關係對讀美來說是很舒服的，一點也不勉強，也完全不需要裝模作樣。直到今年夏天以前，讀美全然不知能與某人發展出這樣的關係，她認為這也是拜桃源屋書店所賜。因為在那個地方工作，發生了很多事，才有現在的自己。

文香反著坐在讀美前面的椅子上，與讀美面對面。坐在讀美前面的男生大概是趕著去參加社團活動，班會一結束就離開教室了，也沒有要回來的意思。

讀美把臉湊近文香說：

「那個啊，是關於朔夜的事。」

「你們終於開始交往了嗎？」

「等一下文香，我根本什麼都還沒說……」

「啊，抱歉，我太心急了……」

見讀美再度趴回桌上，文香一臉歉意地向她賠不是。

「呃……其實昨天，朔夜問我聖誕節有沒有計畫。」

「哦，那是要約妳的意思嗎？」

「……我不知道。如果是那樣就好了……真的是那樣嗎……」

「難道不是嗎？正常人才不會問完全不感興趣的人聖誕節有什麼計畫呢！再說了，你們之間的感覺不是一直很不錯嗎？」

「不曉得，我不曉得啦……」

「就我看來是這樣喔！」

文香自從夏天結束後就經常去書店玩，所以對讀美與朔夜的進展也看在眼裡。既然就她看來「感覺還不錯」，那讀美也覺得、也想認為應該就是那樣子沒錯。

「啊……是那樣的嗎……」

「咦？妳為何這麼沮喪？這不是很棒的事嗎？妳應該高興才對啊！」

「我是很高興……可是我讓這個機會白白溜走了。」

「咦，什麼意思？」

「我告訴他我有計畫了……」

「哎呀……這樣啊，難怪妳會活像是冬天枯萎的植物了。」

文香了然於心地點點頭，像哄小孩似地摸摸讀美的頭。

「要不然告訴他妳取消原訂計畫了？」

「不、不行啦。因為他並沒有明確地約我，而且我在那之前就拒絕他了……萬一朔夜沒有要約我的意思，我不就變成自我感覺良好的女人了？這麼一來，我可能會羞愧得再也不敢去打工了。」

「我也不是不能了解妳的心情。嗯……朔夜會不會再給妳一次機會呢？」

要是朔夜肯再問她一次的話，讀美這次一定會答應他的邀請。

所以拜託了，再一次……

許下這樣的心願後，讀美今天放學後也去了桃源屋書店。

時間就在修補芽衣死性不改地又在本體上製造出的新傷口的過程中，一分一秒地過去了。

結果那天直到讀美結束在桃源屋書店的工作要回家的時候，朔夜雖然依舊像平常那樣對她，卻連聖誕節的聖字也沒說出口。

「該怎麼辦才好呢……」

從桃源屋書店回家的路上，在大宮站搭乘的電車裡，讀美把身體靠在門邊，注視著窗外，喃喃自語。

太陽已然西沉，外頭一片漆黑，只能看見人工的路燈，宛如不知該如何是好的讀美內心狀態。

芽衣的事、聖誕節的事……滿腦子都是這兩件煩心事。

只不過，讀美這時壓根沒想到，回到家以後，姊姊英子又給她添了一個更大的煩惱。

「讀美，妳最近好像只顧著打工？」

讀美回到家，換上家居服，走到客廳裡，坐在沙發上翻雜誌的英子開口

第一句話就是這個。

「只顧著打工……這又不是最近的事，從夏天以來就一直是這樣的感覺啊。」

「我指的最近就是夏天以來的意思。」

這個最近的範圍也太大了吧——讀美心想，假借泡咖啡的名義，走向廚房，刻意拉開與英子的距離。因為英子一旦開始說教就會又臭又長，而且沒完沒了，總之很麻煩。

話雖如此，但客廳就在餐廳旁邊，完全是可以對話的範圍，沒什麼拉開距離的效果。

果不其然，英子接著說：

「妳已經高二囉！再三個月就四月了，到時候妳就是高三的應屆考生囉！」

「嗯，是這樣沒錯……」

「妳要考大學吧？」

「是有這個打算……」

「不用唸書嗎？」

「我有在唸啊……」
「但是在我看來可不是這麼回事。」
如果一開始就認為不是這麼回事，真希望她不要用疑問句的方式問問題……讀美用力地把不滿的反駁吞回去。
「因為妳連暑期輔導也沒去，所以必須減少打工，把時間用來唸書了。乾脆心一橫，把工作辭掉吧。」
「什麼?!不、不要啦！我才不要！」
要她把書店的工作辭掉？
讀美幾乎是反射性地對英子說的話搖頭。就連身體也完全不肯接受她說的話，貌似產生了拒絕反應。
「現在可由不得妳說不要。妳在學校裡的成績只不過是中上程度，這種成績絕對考不上好大學吧？」
「我才不要！絕對不要！我是絕對不會辭職的！」
「說不聽耶妳……」
「因為又沒有必要辭職。」
「我說妳啊……我是為妳好才這麼說的喔。」

英子「啪」的一聲把雜誌闔上，以嚴肅的表情直勾勾地盯著讀美看。

「不只是我，爸媽雖然沒說什麼，但是也一直很擔心妳的未來喔。再加上啊，萬一妳因為成天打工而考不上大學，爸媽也會追究我的監督責任，妳、懂、嗎？」

「我懂啊……妳真的很囉嗦耶……」

「妳說什麼？」

「沒有，我什麼都沒說。」

讀美佯裝不知。已經夠麻煩了，再扯上更麻煩的話題誰受得了？

「如果妳再繼續這樣下去，不認真唸書的話，我就反對妳去打工。」

這句話雖然很氣人，但讀美還是拚命忍耐。要忍耐，忍耐……

「話說回來，妳說要上大學，已經決定好要考哪一所大學了嗎？」

「早就決定好了……妳現在才問這個問題，會不會太晚了？」

「又不關我的事。」

「那事到如今就別再問了。」

「因為現在關我的事了我才問的。」

這不是強詞奪理嗎？讀美將咖啡粉倒進濾紙裡，把嘴唇緊緊地抿成一條線。

就連以前老是從袋子裡撒出來，始終沖不好的咖啡，最近也能跟正常人一樣沖咖啡，不用老是喝即溶咖啡了。讀美認為這也是在書店進行修補的附加效果。

不只是擺脫了笨手笨腳的宿命，還比以前更積極進取，也比以前更重視對人、對事的關係。

學習當然很重要。只是，那個名叫桃源屋書店的地方，教會了讀美比學習更重要的東西。

「所以呢，妳想唸哪所大學？」英子問她。

「我想去有圖書管理課程的大學……而且又在縣內。」

英子聽到這裡，側著頭再問：「妳想當圖書館員嗎？」

「不行嗎？」

「是不太建議。」

「什麼嘛，姊姊妳不也是圖書館員嗎？」

「因為薪水太低了。」

真是實事求是的回答。

「如果不是正職的圖書館員，工作一點都不穩定。問題是，根本沒有要招募正職圖書館員的趨勢。」

「工作又不是只有薪水。薪水固然重要，但想做的事更重要不是嗎？」

「太天真了，太天真了妳。就像這顆糖漬栗子一樣的天真。[1]」

英子邊說，邊從放在桌子上的點心籃裡抓起一包糖漬栗子，打開放入口中。「嗯，這個果然好甜啊！」也沒人問她感想，她就自顧自地說個不停，還要讀美倒一杯咖啡給她。

讀美滿心不爽地按下加了水的快煮壺開關。要答應英子蠻橫無理的要求固然令她百般不情願，但是她在家裡的地位也容不得她說不，只好從櫃子裡拿出英子的馬克杯。

「如果只因為理想中的成就感、或者是如果只因為薪水……只因為這些條件就決定未來的話，以後有妳苦頭吃的喔。」

「什麼意思？未來的事還不知道吧。」

「就是知道啊！因為我就是這樣走過來的。」

英子這句話讓讀美不由自主地當場愣住。

「咦……姊姊也有過這種辛酸的過去嗎？」

「什麼嘛，我只是沒說而已，任誰都有辛酸的過去吧……妳那是什麼表情？」

「……因為太意外了。」

「意外是什麼意思？」

「因為姊姊看起來無憂無慮的。」

總是雲淡風輕，彷彿每件事都是因為喜歡才去做的樣子，似乎一點煩惱也沒有……這是英子在讀美眼中的形象。

這樣的姊姊居然也吃過苦？老實說，實在難以置信。

「哇！這真是天大的誤會啊……不過算了，因為我也覺得擔任大學的圖書館員是自己的天職，所以也不打算否定妳基於成就感來選工作的論調。只是，如果不趁這個能好好思考未來的時期深思熟慮，將來可能會後悔。所以我的意思是希望妳能仔細想清楚，還有，要用功唸書。」

「好啦好啦，我知道了啦！」

讀美虛應故事地回答，她知道英子是在擔心她，也知道必須好好思考的

1. 日文中「甜」這個單字（甘い）也有「天真」的意思。

時期正一步步逼近，搞不好已經處於那個時期了。最近教室裡也開始瀰漫著一股前所未有、對升學考試的不安及緊張感，就跟冬天的冷氣團一樣。

讀美想到自己的狀況，不由得嘆了一口氣。

……怎麼辦？又增加一個重大的煩惱了。

就在這個時候，冷不防想起煩心事的讀美腦中閃過一個念頭。

「……這麼說來，姊，妳有男朋友嗎？」

「什麼？」

「幹嘛突然問這個？」

英子杏眼圓睜地看著讀美。

「沒什麼，我只是想到姊姊從來沒帶男朋友回家，也完全沒有這方面的徵兆。」

「因為就沒有啊。」

「沒有嗎？可是妳的年紀已經坐二望三了……」

「妳給我向全國坐二望三的人道歉。沒有男朋友有什麼好奇怪的？妳知道有多少人是單身貴族嗎？」

「話是這麼說沒錯啦。」

讀美小時候總認為坐二望三的年齡是已經結婚而且還生了小孩的年紀。最近的人似乎有愈來愈晚婚的趨勢，但讀美從未認真思考過這一點。

「那有喜歡的人嗎？」

讀美把煮沸的熱水小心翼翼地倒進咖啡濾紙裡，任其滴漏，繼續追問姊姊。

「現在沒有喔。」

「現在沒有，那是以前有過的意思囉？」

讀美問到這裡，英子一瞬也不瞬地盯著讀美。

「……妳現在有喜歡的人吧？」

「欸！」

「是誰是誰，難不成是打工那邊的人？啊！難怪妳會高高興興地去打工了，是因為男朋友吧？」

「才、才不是……」

「何必否認。是噢，改天介紹一下吧。」

「才不要咧！他也不是男朋友！」

「哼……是嗎？」

英子意有所指地對讀美微微一笑，讀美逃避似地一口氣喝下馬克杯裡的咖啡，結果燙到舌頭了。

「這麼說來，妳聖誕節要回家吧？可以嗎？」

讀美默不作聲地面對英子的問題。

「沒有不可以的理由吧。」

結果在那之後，朔夜都沒再約過她，也沒有要再問她一次的跡象。

……果然還是失敗了。讀美心想。

要是當時給他另一個答案，現在一想到聖誕節，就會臉紅心跳、期待不已吧。一思及此，就覺得損失大了，覺得好後悔、好難過、好空虛。全都怪自己不好，正因為如此，這股不知如何是好的心情才更加無法排遣，好痛苦。

「是嗎？那我就告訴媽媽，妳會跟我一起回去囉。」

英子說到這裡，再度翻閱起雜誌，說教似乎已經告一段落。

然而，三個煩惱卻在讀美的腦海中不停地打轉。

芽衣的事、朔夜的事、考試的事……

真的是不曉得該怎麼辦才好。

第二天放學後，讀美也前往桃源屋書店。

基本上，她每個禮拜都有一次要在放學後去圖書室，執行圖書委員的工作，除此以外的時間都在桃源屋書店度過。

前些日子，就連管理圖書的典子老師也真的一臉落寞地說：「很高興紙山同學能喜歡上那家書店，可是老師也有點寂寞呢！」所以不得不承認英子說她只顧著打工的指責並不是冤枉她，她去桃源屋書店的頻率就是這麼高。

讀美今天打算修補芽衣的裝訂處。

雖然新的傷口還是持續增加中，但是破損的頁面幾乎已經完全補好了。因此，終於可以著手處理幾乎快要整頁掉下來的根本部分了。

讀美不是第一次修補裝訂的部分，之前也曾經修補過好幾次其他幻本的裝訂處。而且和修補破損的頁面比起來，並不是特別困難的作業。

「那麼，今天也開始吧！」

讀美招手，要芽衣坐到櫃臺前，只見芽衣一副嫌麻煩地在讀美面前的椅子上坐下。

「還要修補嗎？反正遲早又會被我弄壞。」

「我要修到芽衣身上再也沒有一點傷為止喔！」

「妳真的很奇怪耶，明明這麼做一點好處也沒有。」

「有啊！因為這麼一來，芽衣就不會痛了……再加上芽衣不會弄破我補好的地方，所以只要一直持續下去，或許妳就會停手了也說不定。」

「還早得很呢……真是的，妳還真是打不死的蟑螂啊，真令人佩服。」

芽衣似是傻眼、似是挑剌地夾雜著嘆息說，在讀美面前翻開本體。

書的正中央裂開一道大大的缺口。

放著這種狀態不管的話，在閱讀的時候，紙張很可能會與書背分離。最糟的情況是整本內頁都有可能從書背上掉下來。那種情況對幻本而言可是場大災難，所以讀美想把芽衣的裝訂處徹底地修好。

在修補裝訂處的時候，基本上也是使用綜合膠，只不過，膠的黏度要比修補破損的頁面時更高一點。

讀美準備好綜合膠，將烘焙紙襯在裝訂的部分——也就是將上一頁與下一頁銜接起來的部分，塗上兩、三公釐寬的綜合膠，再把墊在下面的烘焙紙拿掉，就能把綜合膠分毫不差地塗在要塗抹的範圍內。然後再把新的烘焙紙放在同樣的地方，用力地把書本闔起來。

從上頭把體重壓上去時，引來芽衣的抗議：「很重耶。」

「欸，妳這樣說我有點受傷……」

「妳很在意自己的體重嗎？真不愧是人類。」

「唔……本、本來應該要用紙鎮壓在妳身上一整晚的，所以妳就忍耐一下吧……對了，綜合膠乾掉以前不要打開喔。這麼一來，一開始的損傷應該全部都補好了。」

「已經好了嗎？今天很快呢！」

芽衣一臉沒想到這麼快就搞定的傻眼表情說道。讀美苦笑著對她說：

「因為已經沒有我可以做的事了。」

剩下的細微傷痕都是些不要處理比較好的地方。

對於以被閱讀為目的的書本來說，要一直靜靜地保持不動是件很困難的事，更何況幻本還能隨心所欲地活動。因此修補對於傷口有可能惡化的幻本來說，是必要的治療行為。

但是，有時候也會因為添加了糨糊之類的異物，而導致書本加速劣化。本來不要動任何手腳、保持原本的狀態是最能延長壽命的方法。所以見洞就補不見得比較好。

「這樣嗎……謝啦。」
「我不在的時候，請不要再弄傷自己了。」
「不在的時候……讀美，妳不來書店了嗎？」
「嗯，我下禮拜要回老家。從聖誕節前到過年的這段期間，暫時不會再過來了。」
「……這樣啊。」
芽衣在收拾工具的讀美身邊微微頷首。
「怎麼？芽衣妳該不會是捨不得我吧……」
「放妳一百二十個心，聽到妳不來，我可樂得清靜。」
一絲猶豫也沒有，斬釘截鐵又沒好氣的回答，令讀美「是嗎」地一陣苦笑。她還以為芽衣稍微對自己敞開心房了，看樣子是她自作多情。而且芽衣那種不假辭色的語氣，反而讓她感覺到兩人之間的距離。
彷彿對讀美的內心世界半點興趣也沒有，芽衣走向書架。讀美看著她的背影，垂頭喪氣。
這下可好……已經把計畫告訴芽衣了，聖誕節肯定只能照原定計畫度過了吧。人要懂得放棄……讀美告誡自己，注視著在書架那邊陪動物的幻本們玩的朔夜，輕輕地嘆了一口氣。

她對提不起勇氣的自己恨得牙癢癢的。

結束一天的工作，從桃源屋書店回到家時，英子正在整理要回家的行李。

姊姊雖然粗枝大葉，唯獨這方面的準備動作比讀美快，而且確實。這是讀美會覺得「這就是長女啊……」的瞬間，當她把心裡的想法告訴姊姊，只換來英子一句「誰叫妳是老么呢！」的回答。當然不是好的意思。

「我回來了。妳已經開始在做回家的準備啦？」

「妳也趕快動手啦！拖到最後一刻會手忙腳亂的。」

「好啦。」

讀美有口無心地應了一聲，正要回房的時候。

「哎呀，晚安。」英子朝讀美的背後出聲。

「呃，不好意思啊，家裡亂七八糟的。讀美，妳要帶朋友回家的話要先說啊！」

咦？讀美眨了眨眼。朋友？

她第一時間想到文香，可是她們又沒有一起回家，文香不可能出現在這裡。

讀美滿頭霧水地轉身一看……

只見芽衣就站在讀美的背後。

而且還抱著豆太。

「芽、芽衣？還有豆太……欸?!」

「這位是讀美的朋友……對吧？」

「呃……算是吧，是打工的朋友沒錯……」

「這樣啊，總之先到這邊的沙發來坐吧。啊，狗狗該怎麼辦呢……可以不要讓牠直接跑進來嗎？」

「呃，那個，姊姊，那個……」

「汪！」

事出突然，令讀美不知所措，豆太竟又從芽衣的懷裡縱身一躍。

「啊！等一下，不行！不可以進來！」英子想抓住豆太，但她的手卻只抓到一把空氣。

「咦？怎麼回事？欸？我明明抓到牠了……怎麼會？」

英子花容失色地輪流看著自己的手和豆太。

讀美把手放在額頭上，這下子蒙混不過去了。

「那、那個，姊。」

讀美出聲喚她，只見英子對她露出這輩子還沒給她看過的呆滯表情。也難怪她會露出這種表情，讀美想起自己最初想撫摸豆太的時候，也是嚇到魂不附體。

「呃，我會告訴妳原因的，妳先冷靜下來聽我說。」

「好，好的……我作好心理準備了。」

讀美向英子說明芽衣和豆太的事——幻本的事。

她沒有自信能像並以前向自己說明的那樣有條有理，但英子還是點了點頭。

待讀美的解釋告一段落，英子表現出似乎真的已經接受這套說詞的反應。

「哦，原來如此。」

她目不轉睛地盯著芽衣和豆太看，笑意盈然。

「芽衣和豆太……原來如此，你們這種書叫做幻本啊。」

「怎麼？姊，妳也太容易被說服了吧？我還以為妳會更驚訝、更狀況外一點……妳的適應力會不會太好了點？」

「嗯，該怎麼說呢？我是很驚訝，老實說也不是很進入狀況……」英子輕撫著豆太頭上的袖珍書，自言自語般嘟囔道。「果然沒錯……原來是這麼回事啊……」

讀美覺得她的反應很不可思議，於是英子微微頷首後解釋。

「我可能見過像他們這樣的書喔！」

「欸……幻本嗎？」

「沒錯，不過是小時候的事了。」

英子嫣然一笑，似乎是在緬懷兒時的記憶，然而她卻沒有再多說什麼。

「……所以呢，這兩位嬌客要怎麼處置？你們兩個，今晚就在這裡住下吧。」

「啊，對了！可是芽衣，妳為什麼要跟我回來？」

經英子這麼一問，讀美才反應過來地追究，只見芽衣不以為然地撇開視線。

「沒什麼，只是有點好奇。」

「有點好奇……所以跟我回家嗎？」

「如果打擾到妳，我向妳道歉。」

「不會，我不是這個意思……」

要跟她回家是無所謂。

只是，這麼輕易就能溜出書店好像不太妙。讀美心想。

「那豆太又是怎麼回事？」

「豆太好像也想來喔！因為又不是我帶牠來的。我鑽進包包裡的時候，牠也一起鑽進來了，所以是牠自己要跟來的。」

豆太搖著尾巴，「汪！」了一聲，彷彿是要表達「就是說啊」的意思。

「這樣啊……嗯。可是，我想並先生一定很擔心喔。我送你們回去吧。」

「不勞妳費心。我們今天要住在這裡。」

「汪！」

「欸欸欸，可是我姊她……」

「我無所謂喔！難得有這麼棒的機會可以和書說話。」

英子說出自己也曾經說過的話。雖然時機不太對，但讀美不免還是覺得她們果然是姊妹。該說是感性很雷同，還是什麼的。

「……好吧。那我跟並先生說一聲。」

把英子和芽衣、還有豆太留在客廳裡，讀美回到自己的房間，打電話給並。

「哦，他們去妳那裡啦！這樣啊，那我就放心了。我還以為他們又擅自跑出去了，害我嚇出一身冷汗。篤武也非常內疚，直說『這都要怪我，是我沒把後輩管好！』……」

不難想像那個光景，讀美不由得苦笑。

篤武下意識將照顧芽衣當成自己的責任。姑且不論芽衣是否心存感激，篤武本身倒是想盡辦法要讓她融入這家書店，這一切讀美都看在眼裡，他的確是個好前輩。

「不管怎樣，知道他們在什麼地方就好了。」

「芽衣說她今晚想住在我家，可以嗎？」

「嗯。既然芽衣都這麼說了，就麻煩妳收留她一晚吧。她會主張自己的願望是很稀奇的事。既然如此，我也想實現她的願望……說是這麼說，可能會造成妳的困擾就是了。」

「不會，沒這回事！我完全不覺得困擾。」

「真的？那真是太好了。芽衣和豆太就拜託妳了。」

並把兩本書交給她後，讀美掛了電話。

回到客廳，只見芽衣正讓英子摸她的本體。不對，應該說是英子不由分說地硬要摸比較貼切。

「哦，這都是讀美補好的嗎？啊，讀美，妳的修補技術進步了呢！真了不起。」

「還、還好啦。」

豆太引以為傲地搖著尾巴，似乎是在說：「就是說啊，讀美真了不起！」

「嗯哼……我真是嚇了一大跳。沒想到妳變得這麼能幹……謝謝妳，芽衣。不要太傷害自己的本體喔！」

英子微笑著囑咐芽衣，把本體還給她。芽衣默默地接過。

讀美的房間是單人房，和英子的房間當然是分開的。

這棟公寓的房間還不少，據英子的說法是「光靠我的薪水其實是租不起的」，多虧有親戚居中斡旋，才能以便宜的價格租到。也因此，讀美得以有個不管是在肉體還是精神上都能放鬆的房間。小歸小，光是能放進自己的書櫃就已經要謝天謝地了。

書櫃上陳列著各式各樣的書本。特別喜歡的書擺在櫃子的最上層，以便隨時都能拿來看；等到書變得太多，書櫃裡放不下的時候，就寄回老家，請父母幫忙保管。捨不得放手，所以遲遲無法賣掉。

「芽衣和豆太的位置嘛……這裡好嗎？」

吃完晚餐，洗好澡後，來到了就寢的時間。

讀美把自己房裡書櫃上擺放著最喜歡的書的地方騰出兩本書的空間，那便是芽衣和豆太今晚睡覺的場所。

「可以啊，就那裡。」

抱著豆太的芽衣點點頭，豆太也搖搖尾巴，以示應允。

「那好，豆太過來。」

讀美把手伸向芽衣抱在懷裡的豆太，拎起放在豆太頭上的本體，放在書櫃上。

「果然好多了。」

一旁的芽衣突然冒出這句話，令讀美「咦？」了一聲。

「什、什麼？什麼意思？」

「……我是指妳拿書的手法。讀美果然很不賴。」

「是、是嗎？很不賴嗎？」

「是的，該說是沒在怕的嗎……」

這句話真的是在稱讚她嗎？讀美感覺怪怪的。或許是表現在臉上了，芽衣補了一句：「是在稱讚妳喔！」雖然讀美本人完全沒有受到稱讚的感覺。

「……讓人想起以前的事。」

「以前的事？」

「……沒有，沒什麼。我也要睡了，明天見。」

芽衣結束對話。

讀美還想繼續追問下去，但是看到芽衣把自己的本體插進豆太的旁邊，讀美也躺到床上，先說了聲：「那我關燈囉！」才把燈關掉。

「讀美。」

蓋上棉被的時候，聽見芽衣喊她的名字，讀美望向書櫃的方向。

與芽衣四目相交。

剛熄滅的電燈還殘留著青白色的光，朦朦朧朧地映照出站在黑暗中的芽衣。

「怎麼啦？啊，抱歉，是不是地方太小了？」

「不是……是我有件事想跟妳說。」

「嗯？什麼事？願聞其詳。」

讀美正想坐起來，卻遭到芽衣的制止：「不用起來。」於是又躺回被窩裡，只把臉轉向芽衣的方向。

芽衣坐在讀美書桌前的椅子上，望著書櫃的方向，小聲地說：

「我討厭人類。人類好討厭。」

突如其來的告白令讀美悚然一驚。

然而……就某個角度來看，倒也不是太意外的一句話。

「所以，就算神可以讓我變成人類，我也不想變成人類。當然，我也覺得這樣的身體很不方便，但我還是繼續當書就好了。而且我也不像那個人那樣，那麼崇拜人類。」

讀美問她：「那個人？」芽衣回答：「篤武前輩。」

原來如此，篤武崇拜人類啊……讀美想起那個字典男。所以他才那麼想變成人類啊……下次或許可以直接問本人。

「更何況，我一定無法達成向神許願的條件。」

「妳說的條件……是指與讀者兩情相悅嗎？」

芽衣點點頭。她那低垂的視線落在自己的本體上。

「這種事……」

「所以對我而言，有沒有神都是一樣的。」

芽衣彷彿為了打斷讀美般地搶白，然後對陷入沉默的讀美投以孤寂的一瞥。

「如今在我心中，已經沒有與人相遇的喜悅了，就好像那種喜悅一開始就不曾存在於這個世界上。」

所以，我不可能與某人兩情相悅。

芽衣的告白令讀美悲從中來，忍不住坐起來，伸出手臂……輕輕觸摸芽衣的本體，只見芽衣大吃一驚似地杏眼圓睜。

「……芽衣也討厭我嗎？」

「讀美嗎……或許沒那麼討厭。」

「沒那麼討厭？」

「嗯。」

「那喜歡嗎？」

「……這種打蛇隨棍上的個性不喜歡。」
「意思是說除此之外的個性，基本上都喜歡嗎？」
芽衣雖然鼓著腮幫子，卻也沒有否認。讀美覺得好高興。
「那麼，妳一定能找到與妳兩情相悅的讀者。」
「不太可能吧……因為我不認為自己能像朔夜喜歡妳那樣去喜歡一個人，也不認為有讀者會像妳喜歡朔夜那樣地喜歡我。」
「妳……妳在說什麼呀……？」
突然冒出朔夜的名字，害讀美差點從床上掉下來，連忙把快要掉出去的身體拉回床上。
「……幹嘛這麼慌張？兩情相悅是妳自己說的不是嗎？」
「是、是我說的，但我不是那個意思。」
「我其實很羨慕你們喔！」
芽衣笑了。
這是自從她來到桃源屋書店後，第一次浮現的笑容。雖然跟初來乍到的時候跟大家打招呼一樣，只是嘴角微微上揚，雙眼微微瞇起，似有若無的淡淡笑意，但是看在讀美眼中，芽衣的確笑了。

或許是察覺到讀美的視線吧，芽衣又變回面無表情的老樣子。

「……我要睡了。」

說完便把自己的本體插進讀美的書櫃裡。

芽衣身影消失的瞬間，耳邊傳來一聲「晚安」。

讀美也回以「嗯，晚安。」鑽進被窩裡，閉上眼睛。

這麼說來，讀美想起朔夜第一次對她笑的時候，她也是這麼高興。

第二天，芽衣和豆太再度鑽進讀美的包包裡，回到桃源屋書店。

又過了好幾天，終於來到讀美要回老家的前一天。

由於也是今年在書店打工的最後一天，讀美邊做事邊想是否還有什麼沒做完的工作。

沒做完的工作是沒有，但是記掛在心裡的事情倒是有一樁。

「……那麼芽衣就拜託你了。」

讀美站在書架間拜託篤武。

「包在我身上。」篤武拍胸脯保證。「我會好好監視她，絕不會再讓她擅自跑出去了，也不會讓她破掉。」

篤武最近也注意到芽衣的自殘行為了，成天睜大眼睛，不讓她再這麼做。

「要是讀美不在的時候受傷可就傷腦筋了。我猜那傢伙不會讓別人修補她。」

「嗯，所以拜託你了……那個，篤武。」

「有，什麼事？」

「篤武，你崇拜人類嗎？」

「咦？」

看著看著，篤武臉紅了。

「這個，那個……好、好奇怪啊，我明明沒告訴過任何人……是誰告訴妳的？」

「是芽衣說的。」

「啊……那傢伙看出來啦……唔唔唔，真是個敏銳的傢伙……」

或許是為了掩飾害臊，只見篤武搔著頭，喃喃自語。他總是把頭髮梳得整整齊齊的，會自己抓得亂七八糟還真是稀奇。基本上，只有朔夜玩弄他的本體時，他的頭髮才會亂掉。

正當讀美還在兀自驚訝當中。

「……沒錯。我是很崇拜人類。」

篤武像是要遮住整張臉似地用手指把眼鏡往上推，害羞地用細如蚊蚋的聲音回答。

「我之所以想成為人類，除了想要身體之外，也是因為崇拜人類……因為我最初的主人就是那種值得尊敬的人。」

「怎麼，篤武你有過主人啊？」

讀美還以為篤武過去從未屬於過誰，因為他是以類似流浪貓的感覺來到這家書店的。

「有。這麼說來，我還沒提過這件事呢。」

篤武隔著眼鏡，凝視自己手中的本體，微微一笑。

「那已經是五年前的事了……從我出生到大約五年前，都在倉庫裡度過。」

「倉庫？」

「對，也就是所謂出版社的庫存。」

如果是五年前，篤武還是個十歲左右的少年吧。讀美發揮想像力，想像在那之前都一直待在倉庫裡的話，會是什麼樣的心情。幻本之所以名為「幻本」，正因為數量就像夢幻般稀少，所以他肯定沒有同伴。一想到他當時的心情，讀美心裡就一陣哀傷。

「我以為自己會在那裡是再自然不過的事，就算一輩子都那樣也無所謂……直到有一天，我被買走了，於是我離開了倉庫。買下我的人，年紀就跟現在的讀美或我差不多大。說是因為學習上需要，所以買了我……」

「能離開倉庫真是太好了。」

讀美打從心裡鬆了一口氣。

「是的。」篤武笑著說。「我被送到那個人的家裡之前，內心充滿了期待，完全不曉得到底該怎麼辦才好。因為我一直是和不會說話的書一起生活，不曉得該怎麼和人類接觸……所以去到那個人的身邊時，我也不曾以人類的模樣出現在他面前。就只是扮演好一本普通的書，一本普通字典的角色，靜靜地待在那個人的書桌上。那個人需要查字典的時候就會翻開我，我好開心啊……他還滿常使用我的，但是使用的時候非常小心，也不會在我身上畫線。」

「哦，難怪篤武明明在人類的身邊待過，本體還這麼乾淨呢。」

「就是說啊。身為一本書，這真令人高興；但是身為字典，又有點傷心……或許我是希望能留下那個人的痕跡吧。因為現在就只剩下那個人手的觸感了……」

篤武微笑著的臉龐似乎很懷念那個人的模樣。他以交織著快樂的記憶與寂寞的回憶的表情，一頁頁地翻動自己的本體，簡直就像是在尋找主人的痕跡。

「那個人非常用功，我很尊敬他，也很支持那個人考大學。我認為他鐵定比任何人都更有機會考上。」

「他考試落榜了嗎？」

「不是……是根本沒去考，因為他死了。」

出乎意料的結局令讀美倒抽了一口氣。

「死了……」

「生病死的。」

篤武簡短地回答。原本掛著微笑的唇畔，有一瞬間難以承受地扭成一條線。

「那個人打算去念醫學系，想成為救死扶傷的醫生。我很崇拜那個人……因此，我想繼承那個人的遺志；可是又不曉得怎樣才能繼承，因為我只是一本字典。我一直在他的書桌上思考著該怎麼辦才好……但我還沒想出一個所以然來，今年夏天，他的遺物被處理掉了，我們這些書也面臨被處分的命運……所以我就逃出來了。」

「徒爾先生在車站附近的書店叫住你，該不會就是那個時候吧？」

「正是。」

「這樣啊……所以當你知道神或許能把你變成人類時，才會那麼拚命啊……」

篤武不假思索地點頭，向她道歉：「當時給妳帶來麻煩了。」

讀美連忙要他把頭抬起來。然而，篤武依舊低著頭說：「……我從很久以前就想變成人類了，只是那個人死後，我不禁會想，倘若我有肉體，或許就能拯救當時倒在我面前的那個人……一想到這裡，就覺得好後悔、好空虛……」

篤武用力地抓緊自己的本體，然後抬起頭來笑著說：「……所以，我能來到這裡真是太好了。因為我還沒有放棄那個人的夢想。」

可是反過來……讀美的眼頭一陣熱，忍不住壓著眼眶低下頭。

「讀、讀美？咦，妳哭了？」

「啊，篤武……抱歉……我完全不知道這些事……」

讀美一想到篤武失去主人時的心情，胸口就酸楚得難以忍受。他肯定很痛苦、很悲傷、很不知所措吧。他一定很想救自己的主人，很想跟主人在一起吧。如果他很喜歡自己的主人，那就更不用說了。

篤武手忙腳亂地對淚盈於睫的讀美說：

「不是，是我自己沒說……現在之所以能說出口，我想也是因為來到這裡，心情上比較從容淡定了。」

「是嗎？」

「是的。都是託這家書店與大家的福……所以請不要放在心上。萬一被朔夜知道我把妳弄哭了，他肯定會把我燒掉的，好嗎？」

這句話讓讀美不禁難為情地停止了哭泣。她又吸了一下鼻子，擦擦眼角，拭去淚痕。

「所以，我也希望那傢伙……芽衣也能得到救贖就好了。」

讀美至此總算明白篤武總是在芽衣面前擺出前輩模樣的原因了。

想必他是希望能讓芽衣也感受到自己來到這家書店以後，所感覺到的心情上的從容淡定吧。

「所以，呃，那個……讀美不在的時候，芽衣就交給我吧！」

篤武說道，再次拍胸脯保證。讀美覺得他很可靠，對他行了一禮說：

「麻煩你了。」

這時，豆太對篤武「汪！」地吠了一聲。似乎是要他陪自己玩。於是篤武丟下一句：「再見啦！」轉身離去。

讀美也拭去眼角的淚痕，打算離開。

就在她轉身的時候，發現黑色的裙角翩然消失在書架的陰影處。

那是芽衣的洋裝裙襬。難不成她聽見剛才的對話了？讀美從書架間窺探芽衣消失的方向……然而四下不見芽衣的身影。

「是我的錯覺嗎……咦？朔夜？你在做什麼？」

為了找芽衣而經過隔壁書架的讀美，找到的並不是芽衣，而是她想在回老家前先打聲招呼的最後一個人——朔夜。

被讀美發現的朔夜，不知何故，似乎很尷尬的樣子。

「怎麼？朔夜，難道你聽見篤武說的話了？」

「呃……我不是故意要偷聽，是不小心聽見的。」

朔夜頻頻搔頭。

「篤武也很不容易呢……我也曾經是一本書，所以該說是感同身受嗎？在他的故事裡似乎能看見自己的影子……」

「那你從今以後要對篤武好一點喔！」

「這是兩碼子事，他剛才好像說了不該說的話。」

指的是會被朔夜燒掉的事吧？讀美回想剛才的對話，希望篤武不會真的被燒掉。

「……妳明天就要回老家了吧？」

「啊，嗯，是的……」

「要在老家待到什麼時候？」

「預計待到正月三日。」

「也就是說，整個過年期間都見不到面了。」

「是、吧……」

想起聖誕節的事，讀美的心情變得沉重。忍不住湧起一絲絲期待，期待朔夜會不會再問她一次；同時也覺得自己真是個笨蛋，明明是自己讓機會從指間溜走的，卻還希望朔夜能挽留自己。再怎麼任性也該有限度。

「不過，光是有家可以回就已經很幸福了。好好休息吧！還有，別忘了要帶禮物回來。」

「……嗯，我會的。」

由於朔夜說得很明快，讀美也以笑容回答。

如此這般，結束與朔夜的對話，讀美今年在桃源屋書店的最後一項工作也完成了。

「那麼讀美，祝妳過個好年。」

並說完，書店的成員們輪流向讀美道別，讀美也向大家道別。

最後是芽衣。

「芽衣，那就明年見了。」

讀美開朗地向她道別，但芽衣只是靜靜地回以一聲：「嗯。」感覺她的表情有些陰鬱，明明昨天以前都還跟平常一樣。

「汪汪！」

讀美不解發生什麼事了，只見豆太在讀美的腳邊狂吠，意思是說：「我也要向讀美道別！」

讀美蹲下，撫摸著豆太頂在頭上的袖珍書本體說：「豆太明年見！」等她站起來的時候，芽衣已經不見了。或許是送完讀美，回到書架上了。

「那麼，祝大家過個好年。」

讀美說完，轉身離開桃源屋書店。

關上門，洋溢著溫暖光線的場所從眼中消失。

……怎麼了，感覺好寂寞。

一想到暫時不會再來這個地方，感覺比離開老家、投奔英子的時候更捨不得。明明才剛離開，就已經想回去了。

讀美走在庭園裡，回頭看桃源屋書店。

那棟建築物宛如白色的教堂般，朦朦朧朧地浮現在薄暮裡。

讀美專注地凝視著，彷彿要將其烙印在視網膜上，但願過完年再回來的時候，書店還好端端地在這裡，但願這個地方並不是一場夢。

第三章

姊姊與老家與幻本

第二天中午過後。

讀美和英子一起搭電車回老家。

從幸魂市的大宮站搭乘ＪＲ高崎線前往熊谷站，然後再轉乘秩父鐵道約一個小時，最後抵達秩父站。這裡是離讀美與英子老家最近的車站，西武鐵道的秩父站也是離家很近的車站，但是從這裡回去的路比較簡單。

兩人各自拖著自己的行李箱，時不時提起來走，把在熊谷站剪過的車票遞給站務員，走出車站。秩父鐵道無法使用Suica或PASMO這類的ＩＣ卡，所以讀美她們交給站務員的，是充滿思古幽情的那種用厚紙板製成、用剪刀剪票的硬車票。

或許因為是充滿了大自然，在群山包圍下的土地，氣溫似乎比幸魂市還要低。不只比較冷，空氣也比較乾燥，感覺令人心曠神怡。

置身在這樣的空氣中，讀美想起自己曾經在這裡住過的事實。

「啊，媽！」

英子揮手示意，拖著嘎啦嘎啦作響的行李箱，衝向迴車道左手邊的停車場。讀美也急急忙忙地追上去。

只見母親正站在英子的前方招手，看樣子是開車來接她們。

上次見到母親已經是兩年前的事了。讀美不想回到曾經有過痛苦記憶的故鄉，所以以前英子回去的時候，她就一個人留在幸魂市，母親來幸魂市的時候，讀美也找藉口不與她見面。或許也多虧了高中沒有三方面談[2]所賜。

與朝她揮手的母親對上眼，讀美也下意識地揮起手來。

「歡迎妳們回來。」

直到聽見母親這句話，說出「我回來了」的那一瞬間，讀美終於有回到故鄉的真實感受。

坐上母親開的車，回到老家。

車站離老家其實沒那麼遠，並不是徒步走不到的距離，然而，要嘎啦嘎

2. 日本的教育機構在學期末會舉行由教師、學生、家長等三方進行的面談，討論學生的在學狀況及升學就業的問題。

啦地拖著行李走回去還是十分累人，所以讀美很慶幸母親願意來接她們。更重要的是，她不想見到國中時代的同學們。只要跳上車，就可以迴避遇到他們的風險。

穿過車站前秩父神社的小路，開往街上。街道上三三兩兩地立著「開運告示牌」這種針對觀光客的產物及裝飾著匪夷所思吉祥物的擺設。市內有將近上百座這類的東西，讀美一個又一個數著閃過窗外的這些玩意兒，感覺自己的老家愈來愈靠近。

陽光十分刺眼。

秩父的市區位於山中，所以地形的起伏十分劇烈。正當她覺得車子下坡時的感覺十分熟悉時，車子已經開到家門口了。

兩年前住在這裡的家還保持著兩年前的樣子，只有種在大門口的盆栽換了花的種類，看在讀美眼中，除此之外似乎沒有任何改變，感覺就像是回到了兩年前。

「媽！這個箱子是什麼？很礙事耶！」

要把行李搬上二樓的房間時，已經先一步進房的英子大聲嚷嚷著。有個巨大的紙箱放在兩人的房門口。母親應聲而來，看了一下那個紙箱。

「哦，這是那個啦，讀美寄回來的東西。」

「什麼？啊，是書！」

讀美想起來了，說出箱子的內容物，英子側著頭反問：「書？」見兩個女兒開始聊起來，母親又返回來時的走廊。

「因為姊姊住的地方放不下，只好寄回來的書。」

「哦，那些啊。可是，這些書妳打算怎麼辦？已經沒有其他地方放了不是嗎？櫃子都已經塞滿了吧！」

「反正我們又不常回來，就暫時先放在這裡吧……」

「一直放著不管的話，可能會發霉或長蟲，妳可要小心一點喔！還有，就算要放在這裡，畢竟是妳的東西，拿過去一點，這裡到這裡是我的地盤。」

英子指著擺放著自己書桌的那一側說。讀美不禁覺得姊姊的言行舉止很孩子氣，或許是回到老家的關係吧。她邊想邊把紙箱推到自己的書桌旁邊。

英子坐在雙層床的下層，盯著紙箱看。

「這個家或許還是要有個書庫呢！」

「真羨慕有書庫的人家啊！」

「以前的家就有喔！」

以前的家是指這棟房子改建以前住的地方。現在的紙山家是二十年前改建的建築物。當時英子才七歲，讀美甚至還沒出生，所以對以前的家沒有絲毫印象。

「奶奶家就有書庫，也有很多藏書喔！」

「什麼？真的嗎？這種事我還是第一次聽到。」

讀美沒見過祖母。因為她在讀美出生以前就去世了。讀美用來夾住劉海的髮夾是外婆給她的，所以一提到「奶奶」，讀美第一個想到的也是外婆。對讀美而言，祖母儼然是個完全未知的人。

即便如此，應該也聽過一些關於祖母的事才對。

讀美覺得很不可思議，於是英子對她聳聳肩。

「不准在爸爸面前提到書庫的事喔！他會鬧彆扭。」

有什麼會讓父親鬧彆扭的理由嗎……還是父親幹了什麼好事呢？父親是個很乾脆的人，也因此做事經常會瞻前不顧後，惹家人發脾氣。一旦事情變成那樣，他基本上都會鬧彆扭。

「奶奶好像也很愛看書……大概有兩千本藏書吧。」

「這麼多?!」讀美大吃一驚。「那、那些書都到哪裡去了?還在家裡嗎?」

「怎麼可能。要是還在家裡的話,就該有書庫吧……全都賣掉了啦。」

「難道是爸爸……」

「完全正確。」英子說道。

原來如此。讀美意會過來了,難怪父親不願意提起書庫的事。父親大概是趁改建的時候把書賣掉了,恐怕是自作主張,所以有人為此對父親發了脾氣。

是誰發的脾氣呢……讀美正想問的時候,母親喊她們的聲音從樓下傳來,要她們下去喝茶。

「啊,我等一下要去找朋友。」

「什麼,妳才剛回來耶。」

「正因為我難得回來,對方也是難得有機會見到的人。」

「妳不在的話,我不就得一個人去客廳了嗎……」

「妳在說什麼傻話,又不是要妳去什麼陌生的地方,媽媽也想跟妳聊聊天,快去吧。」

妳說得倒輕鬆……讀美離開自己的房間，走向客廳。

「讀美，妳要喝什麼？」

「我想想……有咖啡嗎？」

「妳敢喝咖啡啦？」

母親似乎很感動地驚呼。因為讀美還住在這裡的時候，每次要她喝咖啡，她都會說：「咖啡那麼苦，根本不是給人喝的飲料。」看來母親還記得這件事。

「嗯，已經敢喝了。」

「英子呢？」

「她說要去找朋友。」

「是噢。那孩子每次回家都這樣呢！」

母親聳聳肩，意指這是常有的事，真拿她沒辦法。母親泡了兩杯即溶咖啡，讀美猶豫著不知該坐在哪裡，母親建議她坐在電暖器前：「這裡比較暖和。」所以讀美就在那裡坐了下來。

「在那邊的生活過得如何？」

「嗯，還不錯。」

「這樣啊，那就好。」

母親喝了一口咖啡。對話雖然簡短，但母親看來很高興的樣子。

母親已經快五十歲了，白髮比讀美記憶中還要多，感覺眼尾紋似乎也變多了。那些皺紋讓母親的表情變得比較柔和。

「妳好像變得比較開朗了。」

「哦，是嗎？」

「看起來是這樣。這麼說來，妳在打工吧？」

「嗯，在書店打工。」

「是噢……或許是因為打工的緣故吧！」

讀美也在內心對母親說的話點頭如搗蒜。

倘若自己看起來變得開朗了，那的確是拜自己在那家書店打工所賜吧。這點肯定沒錯。

「妳說要去姊姊那裡的時候，我有點不知所措，現在看來或許是正確的決定。」

「嗯……謝謝。」

「嗯？」

「……謝謝妳讓我為所欲為。」

讀美抿緊唇瓣，為了打馬虎眼，把手伸向咖啡杯，結果語氣因害羞而變得很不客氣。

然而，母親似乎能理解她的心情。

「不客氣。」

母親心滿意足地微笑著說。臉上的皺紋看起來更深了。

「啊，對了，開蛋糕店的親戚送了餅乾給我喔！要吃嗎？」

「啊，嗯，我要吃。」

讀美的回答讓母親站了起來，走向廚房。

注視著母親的背影，讀美緊張的心情放鬆下來。

……看樣子似乎沒問題。

太久沒見面，害她緊張莫名，但姊姊說得沒錯，這裡畢竟是老家。雖然有些不愉快的回憶，但也已經是以前的事了，不是現在進行式。

光是能得到這種體會，她就覺得回來這一趟是有價值的。

「這是英子從小愛吃的餅乾……看起來真好吃，我們兩個人偷偷吃掉吧！」

不要告訴英子喔……母親把餅乾遞給讀美。

姊姊從小愛吃的餅乾……讀美目不轉睛地盯著手裡的餅乾，喃喃低語地說：「這樣啊。」

這又是讀美不知道的事了。

不，不只如此。讀美幾乎不曉得英子小時候的事。

英子還是小朋友的時候，讀美還沒出生。英子十歲的時候，讀美才剛出生。讀美有記憶的時候，英子已經是現在的英子了。看在讀美眼中，英子既是姊姊，也是大人。

從小到大，讀美從未問過英子以前的事，而且她總覺得就算問了，英子大概也不會認真地回答吧。所以前幾天，當英子提到工作上的辛酸時，讀美才會那麼驚訝。

「……姊姊小時候是個怎樣的小孩？」

好奇心突然湧上，讀美問母親。

突如其來的問題令母親挑眉。

「英子？這個嘛，現在可能無法想像，那孩子以前幾乎足不出戶。」

彷彿想起一回到家又馬上跑出去的英子，母親看著門口的方向說道。

只不過，對讀美而言，這的確是「無法想像」的事。在幸魂市的家裡，英子如果在家固然也都無所事事，但或許是熱愛外面的世界吧，總是往外跑。

「那孩子以前並非這麼活潑外向喔！其實更內向一點，一天到晚都在看書。」

確定不是在說我嗎？這個念頭瞬間閃過讀美的腦海。母親沒發現讀美的念頭，一手端著咖啡繼續說。

「我和妳爸都要工作，奶奶在英子懂事的時候就去世了，爺爺也緊接在奶奶之後去世了，所以家裡沒有其他人……她就在沒有其他人的家裡一個勁兒地看書。倒也不是沒朋友就是。」

「有這回事啊，姊姊她……真讓人意外。」

「自從妳出生以後，那孩子即使還是個小孩，依舊有『要當個姊姊』的自覺。」

「要當個姊姊啊……」

讀美喝了一口咖啡。曾幾何時已經習以為常，視為理所當然的味道，也曾經有不那麼理所當然的時候。或許是同樣的道理，姊姊並非生下來就是姊姊，也有曾經不是姊姊的時代。她以前從未想過這種事。

即使親如家人，即使親如姊妹，還是有不了解對方的地方。如果是外人的話，就更不用說了。

讀美想起桃源屋書店的成員。

她以前完全不了解朔夜，也曾經有過根本不想了解對方的時候。她想了解篤武，但直到最近才知道還有她完全不知道的事；並的身上充滿了謎團，徒爾也不太提自己的事。對芽衣的了解也少得可憐，明明跟她多聊一點就能分擔她的傷痛也說不定。文香最近常常告訴她自己的事，所以比書店裡的人更有助於彼此了解。能有個這樣的對象，真的是太幸福了。

她想更了解大家。

讀美邊想邊咬了一口餅乾。

能遇到這麼想了解對方的對象也很幸福。讀美想起以前住在這個家裡的自己，品嘗著餅乾。餅乾非常甜，非常好吃。

沒多久夜色降臨，父親下班回來了。

讀美有些緊張，但父親對她說話的態度簡直就像是昨天才見過她，這對讀美來說反而是一種救贖。比起莫名其妙的小心翼翼，這樣更能讓她放下心中大石。

比父親晚一點，英子也回來了，一家四口圍著桌子吃晚飯。母親抱怨女兒們都不幫忙做菜，但看起來還是很高興的樣子。就連電視遙控器被英子搶走的父親，似乎也很享受轉臺的權利被搶走的樂趣。

度過和樂融融的團圓時光後，他們各自去洗澡，從客廳返回自己的房間。兩年前，英子已經搬到幸魂市，父母經常在這個時間吵架，所以只剩自己一個小孩的讀美總是逃也似地搶先回房。讀美第一次知道，原來這個客廳也可以是這麼和樂融融的空間。

「瞧，完全沒問題吧！」

回到自己的房間，躺在雙層床的下層，正在玩手機的英子對爬到上層的讀美說。

「嗯……沒問題。」

「這麼一來，妳隨時都可以回來了。」

「……嗯。」

得知姊姊其實是關心自己，讀美覺得有些害羞，又很高興。為了掩飾羞赧，讀美另尋話題，想起白天母親告訴她的事。
「這麼說來，媽媽告訴我，姊小時候也很愛看書。」
「現在也還很愛看書啊！不然也不會成為圖書館員了。」
「那是當然。」
「……對了，讀美。」
這時，英子的口氣變得很正經。
「關於幻本的事。」
「什麼？」讀美冷不防高八度地反問。因為她摸不透英子突然拋出這個話題的方向。
不過，方向隨即昭然若揭。
「我說我見過幻本對吧？那件事就發生在以前的家。」
「呃，該不會是在奶奶的書庫裡？」
「沒錯，我是二十年前在那裡看到的……」
如此這般，英子開始回憶當年。

◆ ◆ ◆

那是距今二十年前的事。

那一年，英子七歲，小學一年級。

至於那一天，則是比今天還要寒冷的冬日。

英子背著書包一從學校回來，就立刻窩進客廳裡開始看書。

這是一如往常的事。英子總是很想知道故事的後續發展，和朋友玩也提不起勁，一回家就鑽進客廳的暖被桌，或者是躺在床上看書。那天非常冷，所以選擇了暖被桌。

就連放在暖被桌上的橘子也進不了她的眼簾，默默地看著書。

描寫冒險故事的童書真的太有趣了……英子轉眼之間就看完了。

只不過，這對她來說，是意料之外的事。

「怎麼辦？已經沒有書可以看了……」

她把爸媽買給她的書全都看完了，今天又忘了從學校的圖書室或圖書館借書回來。

英子想去借書，看看窗外的風景。

下雪了。

輕飄飄地，靜靜地將街道染成白色。

既然都下雪了，外面一定很冷。

真不想在這種天氣出門……英子打消了去圖書館的念頭。

英子不曉得閱讀以外的娛樂，所以回到自己房間，想找出書櫃裡還有沒有沒看過的書。沒有，就連想再看一次的書也沒有。

於是，英子只好在家裡到處找書。

話雖如此，也不是無頭蒼蠅般地亂找，她心裡已有定案。

家裡的後面有個爸媽說不能進去的房間，是祖母——也就是父親的亡母——的書庫。裡頭的書堆積如山，萬一倒下來會很危險，所以爸媽禁止英子擅自進去。聽說以前書山真的崩塌過，害英子在這個書庫裡受了點傷。因此，英子聽從爸媽的叮嚀，至今不曾擅闖。

然而，此時此刻家裡沒有任何可以阻止她的人……英子將此視為天賜良機，決定進入那個書庫，因為她認為那裡肯定有什麼有意思的書。

在空氣冷冰冰得與外頭無異的走廊上前進。一個人的時候，那扇很難拉開的拉門就跟打不開的門一樣。英子打開那扇門，走進祖母的書庫。

書本們都在沉睡著。

那是個靜悄悄的場所，令這種感覺瞬間閃過英子的腦海。空氣中夾雜著滿是塵埃又有點發霉的味道，但是卻又散發出一股宛如零食雜貨店的甘甜香氣，後者似乎是舊書們的味道。

四坪左右的房間裡，擺滿一整面牆壁的、有些塞不進書櫃裡，只好堆起來的，都是英子沒看過的古書，還有很多小學生看不懂書名國字的書。

英子被書的數量震撼住了。

然而，她的注意力馬上從那裡被房間的角落吸走了。

角落裡有一張搖椅。

有個不認識的老婆婆坐在那張搖椅上，她的膝蓋上珍而重之地放著一本書。

◆ ◆ ◆

「那恐怕是我與幻本的初相遇。」

英子以緬懷過去的語氣說道。

「我起初嚇了好大一跳喔！還想說是不是該逃走，結果那個人主動開口：『是英子嗎？』……因為她的聲音十分溫柔，所以我也降低了戒心。心想原來如此，原來是奶奶的鬼魂啊。」

「不是奶奶吧？」

「嗯。但我是過了很久以後才知道的……直到上國中以前都沒注意到吧……在那之前，我都一直以為她就是奶奶。」

「妳發現得也太晚了吧？」

讀美以為這種事只要和祖母的遺照兩相比對就會發現了，英子自圓其說似地辯解：

「可是感覺很像啊！因為奶奶在我四歲的時候就去世了，幾乎沒有記憶……那個人跟照片中的奶奶幾乎一模一樣。」

「但依舊不是奶奶吧？」

「嗯。仔細看過奶奶的照片以後，發現截然不同。真是的，我怎麼會搞混呢？」

明明是自己的事，英子卻說得一臉匪夷所思的樣子。

「……可是，如果不是奶奶，那個人怎麼會知道『那件事』呢……那應該是我和奶奶之間的秘密……」

英子自言自語似地小聲嘀咕。

這句話令讀美大感好奇地追問：

「『那件事』是哪件事？」

「啊……沒什麼，妳不用知道也沒關係的事。」

「欸，妳在隱瞞什麼？這樣我更想知道了。」

讀美把臉從雙層床的上層探向下層，逼問英子。

「這妳就不用管了。」

「咕……然後呢，後來又發生什麼事了？」

雖然也很好奇姊姊避而不談的事，但讀美更想知道姊姊與幻本的相遇後續。

這個問題讓姊姊的眼神變得很柔和。

「……我很高興能見到奶奶。那個人絕不會離開書庫，所以我從那天開始，每天都會去書庫。當我把在學校發生開心的事告訴她，那個人都會聽得津津有味；如果跟她說傷心事，她也會陪我一起傷心，還會安慰我。我每天都過得很快樂……」

或許是循序漸進地想起當時的事吧，只見英子臉上出現小時候的表情。

然而，她的表情蒙上一層陰影。

「……可是啊，在那之後的一個月左右，過完年的某一天……我從學校回來，進書庫一看，那個人已經不見了。」

「什麼……？」

「不只是那個人，書庫裡的書也一本都不剩了……」

「為、為什麼？為什麼會不見？」

「犯人是爸爸。」

讀美聽到這裡的瞬間，想起英子白天說的「不准在爸爸面前提到書庫的事」那句話。

「為了把房子改建成現在的樣子，爸爸以『奶奶的書都已經又舊又發霉了，而且也沒有人要看』為由，全都賣給二手書店了。」

嗚哇……讀美忍不住捂著臉。

如果是作風非常乾脆、有時候會瞻前不顧後的父親，的確有可能做出這種事。讀美不由得在床上躺成大字形，全身無力，動彈不得。爸爸啊，瞧你幹了什麼好事……

「那是我最後一次見到那個人。」

英子以鬱結於心的語氣接著說。

「從此之後，她再也沒出現過。我雖然安慰自己既然沒有書庫，奶奶的鬼魂也成佛了吧……可是，她總是捧著一本書這點讓我覺得很不可思議，而且以鬼魂來說，未免也太具體了。直到前幾天見到芽衣和豆太，我終於把這兩件事連起來了……那個人，應該就是幻本……」

英子的聲音到這裡突然中斷，讀美還在想她怎麼了，英子就又接著說：

「……那個，讀美。如果不是鬼魂……如果，那本書還在的話……豈不表示我還能見到那個人，對吧？」

「咦？嗯，大概吧。」

「這樣啊……原來如此啊……我明天就問問看爸爸。」

「問爸爸什麼？」

讀美再次觀察姊姊的表情，只見英子以活力十足的表情回答：

「問爸爸把書賣到哪裡去了。」

「妳說奶奶書庫裡的書？」

第二天早上，英子就像昨晚預告地問了父親，正在看報的父親突然面露不悅。看樣子果然不該問的，光是提出這個話題，父親似乎就覺得自己受到了批判，沒好氣地丟下一句：「不知道。」把臉埋進報紙裡。

「爸爸，你聽我說，我並沒有責備爸爸的意思，畢竟都已經是二十年前的事了……只是我有件事耿耿於懷，希望你能想起來。好不好嘛，爸爸……」

英子向父親撒嬌。姊姊都已經快三十歲了，唯有這時會一口氣變回十幾歲。真有一套啊……讀美在一旁事不關己地讚嘆。這種事讀美做不來。聽說老么通常都很會撒嬌，但她們家卻是長女比較會來這套。

父親似乎單純地覺得女兒的撒嬌很受用，鼻子微微抽動，把報紙放回桌上，視線在半空中游移。

「這個嘛……我記得……」

父親把二手書店的地址告訴英子。英子說她想立刻去看看，早早就出門了。

讀美隔著客廳的窗玻璃，目送姊姊出門後，側著頭喃喃自語：

「……那個地方有二手書店嗎？」

果然被感到狐疑的讀美猜中了。

數小時後，英子大失所望地回來。「找不到，好像從很久以前就已經倒閉了。」還說她也試著問過附近的人，但是都沒有人知道老闆的去向。

「讀美……可以利用妳打工那邊的管道，幫我找出那本書的人嗎？」

那天下午，英子心不在焉地在客廳裡喝咖啡，突然想到好辦法似地問讀美。

讀美也同樣在喝咖啡，考慮了一下姊姊近乎請求的詢問。

「嗯，我也不確定……如果是並先生，或許有這方面的管道吧！」

「有希望嗎？」

英子——姊姊——難得表現出急切的態度。

她那模樣讓讀美陷入沉思。這或許是自己這個妹妹第一次能為姊姊做點什麼的機會。

「我不知道有沒有希望，但是我回去上班的時候，會幫妳問老闆的。」

「真的嗎？謝謝。」

讀美的回答讓英子充滿期待地雙眼放光。

這還是讀美第一次看到姊姊對自己露出這種表情，可以想見姊姊是多麼想見到那個幻本裡的人。

想助姊姊一臂之力……這是讀美的真心話。

聖誕節那天，收到朔夜寄來的電子郵件。

看樣子至今沒有行動電話的他終於投降了。說是為了練習操作，拍下聖誕節的書店，把照片寄給讀美。店裡裝飾成聖誕節風，徒爾打扮成聖誕老公公的樣子，站在這樣的背景裡。真是個強壯的聖誕老公公。

或許是看了這樣的照片，讀美一心只想趕快回書店。

在老家度過聖誕節和新年，等到正月三日，讀美和英子一起回到幸魂市的家。信箱裡有賀年卡，數量雖然不多，但文香捎來的賀年卡上密密麻麻地寫滿了文字，令讀美不禁莞爾。那是一張可以抵好幾張的賀年卡。

第二天，讀美迫不及待地前往書店。帶著在秩父買的伴手禮，踩著輕快的腳步，沿著大宮的街道，走向冰川神社的方向。

神社的參道上，人潮摩肩接踵，大家似乎都是要去冰川神社進行新年參拜的。讀美彷彿被人潮推著走般地前進，然後獨自彎進通往竹林的羊腸小徑，在住宅區縱橫交錯的巷弄裡，踩著毫不遲疑的腳步走向書店。望眼欲穿的心情令她不由自主地加快了腳步。

「早安！」

「汪！」

走進書店裡，打聲招呼，豆太便噠噠噠地三步併成兩步地跑過來，彷彿回答似地吠了一聲。這種感覺真是久違了，讀美開心地撫摸著豆太的頭。

終於感覺到自己又回到這個地方了。

「哦，新年快樂。」

「啊，朔夜，新年快樂……咦，你怎麼了？」

讀美柳眉倒豎地看著朔夜的模樣。

因為朔夜看起來很不高興。上次看到他這種不高興的表情，是他還是幻本的時候。

「沒什麼……該怎麼說呢……」

「讀美，對不起……」

與此同時，篤武足不點地地從書架之間現身。

真的是足不點地。看起來非常憔悴的模樣，頭髮也難得地亂七八糟的。似乎不是朔夜對他做了什麼，因為篤武露出比起朔夜經常惡整他時，更加方寸大亂的模樣。

「怎、怎麼了？篤武？」

「對不起，我說包在我身上……可是卻無法阻止。」

「你說什麼……難不成是，芽衣？」

「不只是篤武，我和並、徒爾先生也都盯著她，但還是不行……又弄破了。」

「什麼……」

「篤武還為了想要阻止她而變成這樣。」

「變成怎樣？」讀美連忙追問，於是篤武遞出自己的本體。

內頁變得縐巴巴的。讀美回家以前，所有的內頁明明沒有一點縐褶……見讀美感到大惑不解，篤武為她解釋發生了什麼事。

「差點被芽衣撕破了……」

「什麼？欸，是芽衣幹的？」

「讀美妳冷靜一點，篤武的縐褶是可以修復的。只要壓上紙鎮，或是用熨斗燙平就好了。」

篤武以戰戰兢兢的表情揮舞著雙手求饒：「我討厭熱……」

「可是，再怎麼樣也不能這麼做吧……我去跟芽衣聊聊。」

不只傷害自己，還傷害別人的話，就連讀美也不能坐視不管。

讀美把伴手禮的袋子交給朔夜，在書架間尋找芽衣。不見人影。

因此改找陳列在書架上的書……找到了。

「芽衣。」

甫一出聲，芽衣大概已經猜到讀美想說什麼了。

只見芽衣的本體應聲從書架上掉下來。讀美連忙要伸手接住，芽衣現出真身，彷彿不用她多此一舉地接住自己的本體。

「……妳回來啦。」

「重點不在我回來了……」

讀美正要責備她對篤武幹的好事時，卻被芽衣的模樣嚇得把話吞回去。

因為芽衣遍體鱗傷，本體也破破爛爛的。不只是重新弄破的傷痕怵目驚心，甚至還有幾乎快要碎成片片的部分。

「妳做了什麼……芽衣，過來！」

讀美一把抓住芽衣的本體，把她拖向櫃臺。芽衣順從地任由讀美拉著。

讀美粗魯地把大衣脫在椅子上，也不換上圍裙，就直接開始進行修補作業。還不到上班時間，但是她才沒有辦法等到上班時間。

「很痛吧？」

讀美問，芽衣回以：「……還好。」

「妳為什麼要這麼做？為什麼要一而再再而三地……這麼做不只是妳會痛而已，為什麼要這樣……」

讀美的聲音哽住了。憤怒與悲傷與無力感在心裡糾結成一團，讓她說不出明確的話語。

太不甘心了，居然無法阻止書在自己眼前變得如此破破爛爛的。

希望每一本書都能乾乾淨淨地被珍惜，但是幻本本身卻拒絕合作。

「……對不起，我太寂寞了。」

這時，芽衣自言自語似地喃喃低語。

「讀美不在，我太寂寞了。我是為了排遣這份寂寞才這麼做的。我知道自己對篤武前輩做了很過分的事……可是就連我自己也不知道……該怎麼阻止自己。」

對不起。芽衣又賠了一句不是。

她那低垂的側臉，讓人感覺她是真的有罪惡感，是真的在煩惱。

「芽衣……」

該怎麼做才好……讀美對著芽衣的本體思考。

只要能了解她變成這樣的理由，或許就能阻止她了。但是如果不能阻止她，或許只是再把她的傷口掀開而已。問題是，如果讓她再這樣繼續傷害自己，她的本體會撐不住的。

讀美邊修補芽衣的本體，邊把視線落在她的幻本內容。

是詩集，一本描繪著花朵圖案，有點像是給大人看的繪本般，美麗的詩集。

英子以前見到她的時候，並不覺得芽衣有什麼特別不對的地方。像朔夜那次，只要看到他的內容，就能馬上明白他有著什麼樣的煩惱。但芽衣的原因似乎與對自己的內容感到自卑的朔夜不同。

那麼，這個不同的原因是什麼？讀美陷入沉思。

比起芽衣剛來到書店的時候，她更願意對讀美傾訴了。這麼說來，讓她願意對自己傾訴的契機是什麼？她說自己比並好多了，並到底哪一點惹到她了？記得她好像說過什麼性騷擾的……然而讀美不清楚並到底對她做了什麼，會讓她做出那樣的控訴。

……問問看並吧。

「咦？妳問我對芽衣做了什麼？」

完成芽衣的修補之後，讀美問來到櫃臺的並，關於他帶芽衣回來的那一天，她說並對她性騷擾的事。芽衣眼下正在書架上沉睡，所以聽不見他們的談話。

並把豆太放在大腿上，撫摸著牠的頭，滿臉問號地歪著脖子，豆太也有樣學樣地歪著脖子。

「沒有，我想我應該什麼也沒做……芽衣的事是某家二手書店的老闆告訴我的：『有本書會自己破掉，好可怕，請你把它帶走。』所以我才帶她回來的……那個時候啊，我做了什麼嗎……」

並抱著胳膊，凝視著半空中，回想當時的狀況。

「嗯……啊！該不會是那個吧？可是……」

並似乎想起什麼了，讀美趁勢追擊：「那個是哪個？」

「我想想，我是說過『好漂亮的書啊！』」

「什麼……只有這樣？」

「嗯。可能還說了『太漂亮了，有點不太敢摸呢！』之類的話。然後我只是想仔細地檢查那本書，可是芽衣卻很不高興地說：『請不要用那種方式摸我。』結果就成了性騷擾的發言……我做了什麼壞事嗎？妳也覺得這有問題嗎？」

「不，沒問題……我想光是這樣，應該不會構成什麼問題才對。」

不過，芽衣卻不這麼認為。想必是並的言行舉止有什麼觸怒到她的地方吧。

……難道是摸的方式不對嗎？

上次芽衣去她家的時候，曾說讀美摸豆太的方式「還不壞」。想起這件事，讀美靈機一動。她只覺得要小心翼翼地接觸，可是……

「……關於芽衣去二手書店以前的事，你知道些什麼嗎？」

「這個嘛，全然不知。芽衣就那個德性，不肯說自己的事，二手書店的老闆也說他不記得賣給他的人了。」

「這樣啊……」

讀美大失所望。

她還以為要是能了解芽衣的過去，或許就能找到解決的線索。

「啊，這麼說來。」

提到二手書店，讀美猛然想起一件事。

「並先生，我有件事想跟你商量。」

「商量？好啊，什麼事？」

「其實是我姊姊拜託我的……」

讀美向他說明英子在找某本幻本的事、以及父親在二十年前賣掉那本幻本的二手書店已經倒閉的事。

「有辦法幫忙尋找嗎？」

「這個嘛……如果就連附近鄰居也不知道的話，我想可能有點困難，不過還是先找找看再說吧。總而言之，我先拜託收集幻本的時候利用的管道看看。」

「有這種管道嗎？」

「有啊，硬要說的話，其實是指喜歡書的人。這種人會去書店或二手書店、圖書館那些有書的地方對吧？因此，遇到幻本的機率其實不低喔！」

「我就遇不到。」讀美鬧彆扭地嘀咕著。並笑著安撫她：「相反地，妳現在不是遇到很多幻本了嗎？」倒也沒錯，讀美接受他的安慰。

「我會把妳姊姊要找的幻本特徵告訴大家，問他們有沒有看過那本書。」

「謝謝你，並先生！」

「不會，但是請不要抱太高的期待喔，當成找到的可能性微乎其微比較好喔。因為要是知道哪裡有幻本，我早就去買回來了。」

「說得也是……不過還是謝謝你。」

她本來還以為走投無路了，所以就算可能性再低，只要能做點什麼，就已經要謝天謝地了。

然而，請並幫忙找的期間，自己只能等待消息的話，也令她坐立不安。

讀美和並分開，回到自己的工作崗位，思考有沒有什麼事是自己辦得到的。

姊姊要找的幻本、芽衣的事……有沒有什麼事是自己能做的呢……

正當她悶悶不樂地自尋煩惱時，天色似乎已經完全暗了下來。剛才還能看到藍天的圓形天窗，如今只能看見漆黑的夜空。

「……結果還是無計可施呢。」

自己真是太沒用了。讀美垂頭喪氣地把在手中啘囀輕啼的小鳥幻本放回書架上。

原本幾乎無可救藥的笨手笨腳逐漸好轉，能夠確實地把書修好，卻無法解決芽衣的問題。明明在幻本繞膝的桃源屋書店工作，卻無法為姊姊找出她要找的幻本，只能拜託並。

這種束手無策的感覺，令她恨得牙癢癢的。

就在她陷入這樣的情緒，瞪著書架的時候。

有個白色的東西出現在視線範圍的右側，讀美下意識地轉過頭去。

啊！讀美差點叫出聲來。

「神……」

臉上有如戴著面具般地貼著書本的內頁，身上穿著神社的僧侶才會穿的雪白裝束的少年——桃源屋書店的神。

神從書架的陰影探出頭來。

簡直就像是在觀察讀美似的。

「啊，等一下！」

神似乎察覺到讀美的視線，消失在書架的陰影裡。讀美連忙追上去，窺探他是否躲在書架後面——不見了。

「咦？跑到哪裡去了……啊！」

讀美往四周東張西望了一番，再度捕捉到打橫切過視線範圍的白色影子。從書架後面衝出去，望向那道影子的去向……又不見了。

「咦？」

「讀美，妳在幹嘛？」

這時，耳邊響起朔夜的聲音。

他顯然對兵荒馬亂地在店內跑來跑去的讀美充滿疑竇。

「呃，那個，神剛剛出現了。」

「什麼？神又出現了？在哪裡？」

「這個嘛……啊！在你後面！」

朔夜一股作氣地轉向背後，但神那時已經消失在書架的對面了。

「……沒有啊。」

「有啦！剛剛還在的！是真的！」

朔夜對她投以懷疑的眼光，令讀美有些動氣地說。確實出現了，她這雙眼睛清清楚楚地看見了。

「可惡……沒關係，既然如此，我就找出來給你看……」

說到這裡，讀美恍然大悟。

「對了，只要我也去找就好了嘛。」

「什麼？」朔夜不解地反問。

讀美一個人自說自話地把朔夜留在原地，走向神消失那邊的書架，一本一本地仔細端詳陳列在那個書架上的書，在那裡找到一本書背特別舊的白色書本。讀美輕輕地抽出那本書。

那是一本小巧的祈禱書，是神之幻本。

「喂，那個。」

「我不是說了嗎？神來過了。」

朔夜過來一探究竟。讀美抬頭挺胸地把神的幻本遞給他看。

神是想告訴她「只要找，就能找到」嗎？還是要表達「與其煩惱，不如去找」的訊息呢？

無論如何，讀美決定了，她要找出英子的幻本。

她原本以為自己無能為力，但才沒有這種事。

不管是尋找姊姊的幻本，還是芽衣的事。

肯定還有她可以做的事。

第四章

追尋那本書的下落

花在等蟲。
爲了延續生命，
爲了讓搬運花粉的蟲
在這個廣大的世界裡找到
獨一無二的自己，
它們拚命地
把花開到最大最美。

——摘錄自萩川千夜著《花的一生》

那天回家以後，讀美就立刻開始尋找英子的幻本。
該從哪裡找起呢……
陷入沉思的讀美先試著用最方便的網路搜尋。

「『秩父　二手書』……」

用的是家裡和英子共用的電腦，把上述關鍵字打進搜尋的欄位裡，試著找出秩父的二手書店。

然而，只搜尋到大型的連鎖二手書商。改變關鍵字，搜尋了一個小時以上，卻連一家個人經營的二手書店也撈不到。

「不、不行了，這個方法……」

讀美決定上網路的知識網站留言。這是她第一次使用，抱著希望能得到中肯回答的期待用用看。

「我在找二十年前開在秩父的二手書店的下落」

寫下這樣的標題，再附上二手書店以前的舊址等待回答。

然而，過了好幾天，還是得不到像樣的回答，得到的答案都跟二手書店附近的人告訴英子的情報大同小異。

「已經倒閉的二手書店的下落啊……」

為寒假畫下休止符的第三學期開學典禮當天。

讀美就像平常在教室裡做的那樣找文香商量後，文香抱著胳膊，唸唸有詞。

從讀美開始自食其力地尋找英子的幻本，已經過了五天。

她把除了吃飯睡覺及打工以外的自由時間幾乎全都用上了，不是上網搜尋還有沒有漏掉的訊息，就是試著與國中的同學取得聯繫。雖說她選的都是一些無關痛癢的人，但是要和不太願意再想起的國中時代認識的人聯絡，依舊需要相當大的勇氣。

然而……還是找不到二手書店。

「如果連那家店附近的人都不清楚，那麼要找到或許就很困難了。也有可能是因為什麼不足為外人道的理由而倒閉，甚至是連夜逃走……這麼一來就只能雇用偵探了……可是要花很多錢吧……」

「就是說啊，我查了一下，要好幾十萬……」

「那就沒辦法了……」

「對呀……我沒那麼多錢，而且就算想請偵探，肯定也需要家長同意吧……」

讀美趴在課桌上。

找不到書。

也不曉得二手書店的下落。接下來還能怎麼辦呢？

「以我們這個年紀來說，可以做的事太少了……好無力……」

找不到。

也不曉得要如何找到。就算有可以找到的方法，也不能用。

要是自己再大一點，或許就能輕鬆解決了。一思及此，讀美就恨得牙癢癢的，覺得還是小孩的自己好沒用。

「就是啊，我也有過這樣的心情呢！」

「文香也有嗎？」

讀美依舊趴在桌上，把臉仰起來，只見文香「當然有啊！」地朝她微微頷首。

「嗯……像是不能開車。」

「對耶，不能開車……」

「還有啊，我不是把小說投稿到文學獎嗎？有些文學獎也需要未成年人家長的同意。像那種時候，我就會覺得自己還不能獨當一面呢！」

「是噢，這樣啊，原來還有這種事啊。」

「嗯。再舉一個近一點的例子好了，想要買書的時候也是，如果不去打工，因為自己沒在賺錢，就不能隨心所欲地買。」
「這點我非常能感同身受。」
讀美點頭如搗蒜。用父母給的零用錢買自己想要的東西還是會有一點罪惡感。
「我問妳喔文香，等我們從學校畢業，進入社會以後，是否就不會再有這些煩惱了？」
「嗯……就算情況不同了，還是會有感到無力的時候吧！」
文香的回答讓讀美垮下肩膀。「說得也是。」
「可是啊，讀美。我認為不管是小孩還是大人，只要無時無刻都能往正確的方向努力前進，一定會有活路的……不對，這其實只是我的願望，希望大家都能這樣。」
「努力前進嗎……」
「不管是誰，都會想助這種人一臂之力不是嗎？」
文香搔著臉頰，苦笑著補了一句：「其實只是我想借助別人的力量啦。」
好朋友說的這番話讓讀美感覺又得到差點消失的力量了。
「……嗯，我也會努力的。再多找一陣子看看吧。」

「讀美，我找到那間二手書店囉！」

那天傍晚，讀美去桃源屋書店的時候，正在櫃臺用電腦處理公事的並抬起頭來，開口的第一句話就是這個。

「真、真的嗎？」

原本走向置物櫃的讀美頓時停下腳步。

「嗯。」並坐在椅子上點了點頭。

「我之前不是跟妳說過有一個愛書人的群組嗎？裡頭有人和那家二手書店的老闆交情還不錯，雙方一直保持聯絡。他說老闆二十年前被醫院宣告來日無多，想說已經沒救了，就匆忙把店收起來，去兒子媳婦那邊養病，沒想到就這樣活了下來，現在住在四國的樣子。」

讀美呆若木雞地聽著。

原本以為已經找不到對方，就快要放棄了……

「我打電話給對方，告訴他妳拚了命地在找那本書，於是他就告訴我歇業的時候怎麼處置店裡的書。他好像盡可能把店裡的書都捐給市內的學校或圖書館。雖然不確定那裡頭有沒有妳要找的書，但是從庫存幾乎都沒有變動看來，還留在秩父的可能性很大。」

英子要找的幻本或許就在秩父。

並幫她找到了光靠自己絕對找不到的消息，讀美滿懷感激地對他鞠躬致謝。

「並、並先生，謝謝你！真的！」

「不客氣。能幫上妳的忙，我也很高興。」

真不愧是桃源屋書店的老闆，人面真廣。

「妳有什麼打算呢？」

並微笑問她，讀美握緊拳頭回答：

「當然是要去秩父一趟囉！」

冬日的天空好藍好藍，藍到望不見一片雲，藍得讓胸口感到一陣不可思議的哀傷。

荒川猶如要被吸入山林間地蜿蜒曲折，讀美坐在秩父鐵道的電車上，順著河流前進。

今天是星期六，也是桃源屋書店的公休日。

平常安排在星期天的公休日，因為讀美表明要去秩父，並便往前推了一天。讓讀美可以利用這個假日，再度回到故鄉，去尋找英子的幻本。

時值正午，距離目的地的秩父站還要一個小時才會到。

「你真的願意陪我去嗎？」

讀美問坐在身邊的朔夜。

讀美說要去找幻本的時候，朔夜說要陪她去，說是要幫讀美尋找幻本。

兩人搭乘的電車是行駛於秩父鐵道的火車中稱之為「秩父地質公園火車」，為了宣傳秩父的自然風光，在車廂內外施以彩繪的特殊列車。車廂外是鯊魚及長毛象之類的彩繪，車廂內則描繪著「遠古時代棲息於秩父的生物」圖案，還寫著相關的說明。由此可見，秩父在遠古時代似乎是一片海洋。

朔夜盯著天花板上的說明，上頭寫著曾經棲息在秩父海洋的「秩父帆立貝」及「秩父鯨」等等，因為讀美的問題，把臉轉過來。

「我只是覺得會比妳一個人去找來得好吧。更何況，我從來沒去過那個地方，可以順便觀光一下，所以妳不用放在心上。」

「謝謝你，幫了我大忙。」

「好說，可能最後什麼忙都幫不上。」

「才不會。老實說，你肯跟我一起來，我鬆了一口氣喔！因為一個人還是會有點害怕。」

「那就好……話說回來，雖然妳說把目標鎖定在秩父的圖書館，但具體而言是哪一間圖書館，妳知道嗎？」

讀美對朔夜的問題搖頭。

「不知道。只花一天可能走不完也說不定，我想去市立圖書館、還有我以前就讀的學校碰碰運氣……因為要進入毫無關係的學校不是件容易的事，稍後再打電話詢問能不能過去。」

「這樣啊。算了，總之先找再說吧。要是今天能找到就太幸運了。」

「嗯，盡力而為吧！」

兩人聊著聖誕節和新年是怎麼過的，轉眼間就到了秩父站。在車上看書固然也不錯，但是能有朔夜同行真是太好了。

走出車站，正當讀美打起精神地說：「好吧，開始找囉！」

「到啦？」

不是朔夜的聲音，但也是聽過的聲音。讀美匪夷所思地轉身張望……

只見芽衣就站在背後。

「欸，欸欸欸欸欸，芽衣？為什麼？妳怎麼會在這裡？」

與讀美同時回頭的朔夜也瞠目結舌地說：「喔哦？」

芽衣冷靜地向驚訝的兩人說明：「就跟去讀美家的時候一樣，躲在包包裡。」

「不是這個，我不是在問這件事。」

「我打擾到你們約會了嗎？」

「也不是這件事！」

「我曾經住過這裡喔。」

這還是第一次聽到，讀美丈二金剛摸不著頭腦似地張著嘴。

「那個……芽衣，妳不是來自東京嗎？」

「是啊，因為我被賣到東京的二手書店。」

「妳還真是去了好遠的地方啊。」朔夜說道。

「芽衣，妳有過主人嗎？」

在讀美的追問下，芽衣不以為意地回答：「嗯，有啊。因為附近沒有願意出高價的二手書店，所以就被帶到東京去了。聽說你們兩個今天要來這裡，我就想好久沒回來了，來看看也不錯。」
「原來如此啊。那妳對這一帶熟嗎？」
「嗯，還可以吧。」
「那妳可能真的派得上用場。讀美，也讓這傢伙幫忙吧。」
「咦，可以嗎？在外面走不危險嗎？」
「不要緊吧，不用那麼緊張。今天天氣很好，也不用擔心會被雨淋溼。」
朔夜抬頭看著天空說道。從電車的車窗裡看到的晴天一路延續到這裡。
讀美有些遲疑，但是當她問芽衣：「妳想在外面走走嗎？」的時候，芽衣點頭，所以就決定順她的意了。
「走路時要小心點喔……那就先去市立圖書館看看吧。」

在市立圖書館並未得到令人滿意的結果。
問圖書館的人藏書裡有沒有類似那樣的書，然而他們既不知道書名，也不清楚是什麼樣的書，所以想要搜尋也沒辦法搜尋，把開架閱覽的書全都看過一遍，還是遍尋不著。由於對館內的每一個角落進行地毯式搜索，花了不少時間。

另一家市立圖書館在另一個車站，還有兩個分館則都離車站很遠……如此這般，讀美決定先去離這家市立圖書館最近、也是自己以前唸的小學。突然跑去別的學校，對方可能只會賞他們閉門羹吃，暫時也想不到其他辦法，那就乾脆先從母校著手。

讀美從小學畢業已經是五年前的事了。

她還以為是更久以前的事，沒想到流逝的歲月用一隻手的手指就數得完了，令讀美有些驚訝。大概是因為國小、國中、高中的時候，周圍的環境變化得令她目不暇給。小學時代的自己肯定作夢也想不到自己五年後的狀況吧。

「小學嗎……感覺跟現在要去的地方有點不太一樣，但我也去過喔！」

在前往讀美母校的路上，芽衣突出此言。

「是嗎，妳怎麼去的？」

難得芽衣提起自己的過去，讀美下意識地咬住不放。

「我的主人當時還是小學生，那孩子似乎很喜歡我，所以經常會帶我去上學。」

彷彿想起當時的事，芽衣凝視著虛空說道。

「啊，感覺真令人懷念。」

芽衣將目光投向街道，喃喃自語。只見她邊走邊東張西望地看著四周，難得露出與年齡相符的表情。

在這樣邊走邊聊的情況下，一行人抵達讀美的母校。

從圍著學校的圍籬外看見寬敞的校園及校舍，讀美不禁感慨良深地嘆息。

「這裡就是我以前唸的小學。好久沒來了，畢業以後就再也沒來過了。」

「進得去嗎？」

「我也不曉得，畢竟沒打聲招呼就直接來了。」

倘若事先決定要來拜訪，就能取得校方的許可，然而事發突然，來不及進行前置作業。

「這樣啊……算了，就算沒預約，畢竟是畢業生，應該還是會讓我們進去吧？」

「但願如此。比起進不進得去，今天是星期六，不曉得學校有沒有開才是重點。」

結果讀美的擔心以杞人憂天收場。

校門敞開著，從門口窺探教職員辦公室，裡頭也有好幾個人。

「我去問可不可以讓我們進去。」

讀美將朔夜和芽衣留在樓梯口，走進校舍。由於沒有櫃臺人員，只好緊張地把臉探進教職員辦公室裡。

站在教職員辦公室的門口打聲招呼，有個沒見過的年輕教師迎上前來。讀美告訴對方自己是這裡的畢業生，希望能得到參觀校園的許可。

「妳是什麼時候畢業的？」

「五年前。」

「五年前的話……桒田老師，你五年前就在這裡服務了對吧。」

被點到名的戴眼鏡男老師抬起頭來。

那位老師有一雙就像是七福神[3]的中年眼睛，眼角微微下垂，看起來很溫柔的模樣。看到讀美，他發出「咦？」的一聲。

「喔哦，這不是讀美嗎？好久不見了。」

「啊，桒田老師！好久不見！」

年輕的教師看見兩人熱絡地寒暄，眨了眨眼。

3. 在日本信仰中被認為會帶來福氣、財運的七尊神明，個個慈眉善目。

「栞田老師，難不成你認識這孩子嗎？」

「認識認識，當然認識囉！妳經常來圖書室嘛，對吧？」

栞田是讀美的國語老師，也是圖書室的老師。換句話說，是兼任圖書館員的教職員。記憶中，不管是在課堂上，還是圖書館裡，都受到他諸多照顧。

「咦，今天是什麼風把妳吹來了？聽令堂說妳現在住在幸魂市，是過年回來玩嗎？」

栞田的問題讓讀美覺得解釋起來會變得很複雜，於是回答：「是的，很久沒回來了，所以就想來看看小學的圖書室……那個，我還帶了不是畢業生的人來，可以嗎？」

「可以啊！那好，老師來幫妳開門吧，剛好我也有事要去圖書室一趟。」

栞田「嘿咻！」一聲地站了起來。雖然骨瘦如柴，但個子很高。

趁著栞田去拿圖書室的鑰匙時，讀美回到朔夜和芽衣正等著她的樓梯間。

「咦，朔夜，芽衣呢？」

「在我的包包裡。我想說如果老師也一起去的話就麻煩了。」

原來如此。想是這麼想，但讀美還是有些嫉妒。因為是書，芽衣像這樣躲進包包裡是再自然不過的事，但一想到朔夜的包包裡有個女孩子……讀美有些討厭這樣的自己。明明芽衣和朔夜又不是那種會讓讀美吃醋的關係……

這時，栞田來了。

看到朔夜，栞田發出「喔哦！」的驚呼聲，恐怕是被朔夜的金髮嚇到吧。

「啊！老師對不起，他的頭髮雖然這樣，但人其實很好，絕對不是不良少年，也一點都不可怕！」

「啊，抱歉，我不是這個意思，我是想說妳的男朋友還真是個帥哥啊！」

換讀美「欸」了一聲，呆若木雞。正低頭賠不是的朔夜也愣住了。

兩人的反應令栞田轉動著眼珠子。

「怎麼？不是嗎？」

「呃……欸……」

雖然不是，但是在這裡否認好像不太好。讀美用手指抓了抓臉頰，不置可否地打馬虎眼。

朔夜似乎也是同樣的想法，拚命地搔著頭，對栞田說：「該怎麼說呢……」

「這樣啊，我覺得你們很登對喔！」

到底知不知道讀美的心情啊……栞田似乎當他們的反應是默認的意思，以超悠哉的語氣說道。讀美和朔夜不約而同地臉紅苦笑。

在栞田的帶領下，讀美和朔夜走向位於校舍二樓東邊的圖書室。

或許是很高興能見到久違的學生，就連跟在後面的讀美也能看見栞田始終笑咪咪的。

用跑的會被老師罵的走廊、上過課的教室、不知何故很多人喜歡在那裡玩的樓梯和樓梯間、窗外擺放著遊戲器材的校園、操場上一望無際的天空……

讀美瞇起眼睛……總覺得小學時代變得好令人懷念。讀美現在才高二，畢業至今也才經過五年，然而在這棟校舍裡度過的歲月，卻好像已經是很久很久以前的事了。她胸口滿溢著鄉愁，不禁一陣悲從中來。

栞田用鑰匙打開了圖書室，由於坐北朝南，室內還殘留著午後的陽光餘韻。和冷冰冰的走廊比起來，雖然只有毫釐之差，但還是暖和一點。

「不好意思啊，因為沒裝暖氣，很冷吧！」

「啊，不會，請別顧慮我們！而且一點也不冷。」

「真的嗎？那就好。這裡有電暖器，冷的話就打開。」

栞田說完，走進司書室，從裡頭拿出一疊文件來。

「不好意思啊，老師還有趕著要完成的工作，所以得先回辦公室去了。你們可以隨意參觀。」

栞田把圖書館的鑰匙交給讀美。「這給妳。」

「謝謝老師。可是把鑰匙交給我，會不會太隨便了？」

「不礙事不礙事，以妳和老師的交情用不著擔心。」

老師丟下一句「沒問題的。」便順著來時的走廊往回走。

「真是個好老師呢！」

等到老師的背影消失在視線範圍之內，朔夜輕聲說道。讀美也「嗯」地點頭。

「是老師教會我書本的有趣之處。有好多書都是因為老師的關係，我才喜歡上的。」

「嗯……這麼說來，妳這輩子最喜歡的書是哪一本？」

朔夜邊說邊走向書架。

「最喜歡嗎？讓我想想……實在太多了，難以選擇……」

「她這麼說，朔夜，你很失望吧。」

芽衣恢復人形，從朔夜的包包裡鑽出來，語帶調侃地說。

「……少囉嗦。」

「什麼？為什麼要失望？」

「什麼也沒有。開始找書吧！」

被朔夜瞪了一眼的芽衣，開始瀏覽比較低矮的書架。朔夜一聲不吭地走過去看一整牆的書架。讀美被留在當場，搞不懂朔夜和芽衣針鋒相對的言下之意，也走向書架。到底有什麼失望的事？

「喂！老婆婆，妳在嗎？」

朔夜突然大聲嚷嚷，讀美大驚失色地把面向書架的臉抬起來。

「朔、朔夜？」

「……嗯，行不通嗎？要是這樣能得到回應的話可就簡單多了。」

「對方年紀大了，而且可能正在架子上睡覺。」

「說得也是。」朔夜對芽衣的話表示同意，改用正面攻擊，默默地開始尋找。

「讀美，書的特徵是？」

「我想想……我也是聽姊姊說的，她說封面已經有點褪色了，是本橘色格子花紋的書，上頭描繪著白玫瑰和黃玫瑰，復古的感覺很迷人……類似這樣。還有就連書背也有玫瑰花。」

「好，努力找到最後一刻吧！」

「嗯！」

看著捲起袖子、面向書架的朔夜，讀美也開始在書架上搜尋。

大概是要配合小學生的身高吧，書架比讀美高中圖書室的書架還要矮。

而且這裡有好多令人懷念的書。

童話及繪本、世界名著全集、寫給兒童看的小說……她曾經好喜歡以胖胖的老魔女和妖怪三姊妹、奇怪的木乃伊及吸血鬼做為封面的這個系列……啊，這本無人島漂流記是栞田老師推薦給她的，她曾經看得津津有味、悸動不已……這邊的推理小說因為太受歡迎了，總是被借走，只能望眼欲穿地等對方還書……

書架上那些熟悉的書，喚醒當時感受到的情緒，在讀美心中翻騰。

喜悅、憤怒、哀傷、快樂……在閱讀那些故事的時候所感受到的各種情緒的記憶，比走在校舍中想起的回憶更加鮮明。在讀美還不會坦率地享受這個世界的美好時，是這些書帶給她許許多多令人目眩神迷的感動。就像見到好久不見的老朋友，讀美好高興。

讀美一本一本地端詳，一本一本地用手指輕撫書背。玫瑰花、玫瑰花地唸唸有詞，小心不要漏掉任何一本地搜尋。

瀏覽著書架一路往前找，不多時，讀美在書架間遇到朔夜。

「沒有耶……」

「我這邊也是。」

「芽衣呢？」

「嗯，什麼預感？」

「我也沒看到。那個，讀美……我有個不太好的預感，可以說嗎？」

「倘若真的是捐給這家圖書館……難道沒有『除籍』的可能性嗎？」

這句話令讀美悚然一驚。

除籍——也就是說，認為書本已經不堪使用、不需要了，而被處分掉的事。讀美在當圖書委員的時候，也曾經看過書本被除籍的瞬間。

姊姊要找的幻本是一本非常古老的書，就算被當成除籍的對象也不奇怪。

「好像不在這邊的書架上。如果是二十年前捐贈的古書，我猜書況可能已經非常惡劣了。這麼一來……」

「怎麼可能……可、可是，秩父還有其他圖書館，說不定不是捐給這裡……去別的地方找找，肯定……」

讀美想要往好的方向想，但是最糟糕的情況在腦海中變得愈來愈具體。

不只是除籍的問題，如同人類的壽命有限，幻本也不是長生不老。

姊姊說她要找的幻本早在二十年前就已經是個老婆婆了。既然如此，也有已經不在這個世界上的可能性……

正當腦海裡閃過這種萬念俱灰的念頭時。

「喂，讀美，妳看過那邊的架子嗎？」

朔夜指著讀美背後。讀美轉身，走近那個架子。

架子上陳列著已經經過除籍處理的書。

書本的上方──亦即所謂「天」的部分，蓋著「已除籍」的紅色戳記。

全都是一些很古老的書。在那幾本書裡……

「──找到了。」

雖然因日曬而分辨不出顏色，但書背描繪著玫瑰花的書就在那裡頭。

讀美伸出手去，提心吊膽地觸摸。

書本已經破破爛爛，紙質脆到只怕隨時都會散開。封面的確是格子花紋，但聽說是橘色的色彩已經完全褪盡，變成枯草般的顏色。

讀美把書從架子上拿起來——嚇了一大跳。

好輕。難不成，已經變成骸本了……

讀美想到這件事的瞬間，芽衣對那本書喊話：

「那個，妳還活著嗎？還活著的話請回答。」

於是……彷彿回應她的呼喚，一縷白色輕煙從書裡緩緩逸出，逐漸幻化成人形……

——不一會兒，變成一個老婆婆的模樣。

個頭嬌小的老婆婆，簡直就像是抓著扶手似地抓住讀美手裡的書站了起來。

老婆婆身上穿著枯黃的和服，以前大概是上等貨吧。然而，歲月的痕跡使其失去了光澤，就像她的本體，已經黯淡無光，變得破破爛爛、寒酸又襤褸了。老婆婆本人的長相固然十分優雅，但是刻劃著許多皺紋，宛如一圈又一圈的年輪。

讀美冷不防想起掛在老家佛堂裡的祖母遺像。明明臉型、五官完全不同，但總覺得眼前的老婆婆與祖母有些相似之處。

老婆婆大概是剛睡醒，睡眼惺忪地看著讀美——隨即睜大了雙眼，嘴角微微顫抖地說：

「……英子？」

當老婆婆喊出姊姊的名字時，讀美確定，就是這本書。

讀美用力地握緊那本書，告訴老婆婆：

「英子是我姊姊，她在找您。」

老婆婆的眼睛張得大大的，幾乎要掉出來了。

鎖上圖書室的門，讀美和朔夜一起走向教職員室。芽衣躲在讀美的包包裡。

「栞田老師，謝謝你。」

「已經看好了嗎？」

正在教職員室的辦公桌上整理文件的栞田抬起頭來。

「看好了。」讀美回答，然後走到老師面前。

「……那個，老師，我有個請求。」

「嗯？什麼事？」

讀美讓栞田看她在圖書室裡找到的老婆婆幻本。

「這本書，可以給我嗎？」

雖說是自己在找的書，但這本書現在是學校的所有物，不能擅自帶走。

栞田接過讀美手中的書，看了一下，然後目光停留在「已除籍」的戳記上。

「嗯……這本書已經除籍了。嗯，可以給妳。」

「真的嗎？」

「妳難得來，就把它帶走吧。這也是妳和書的緣分。」

栞田笑著把書給她。讀美接過，緊擁在胸前，鞠了一個九十度的躬：

「謝謝老師。」

「要再來看老師喔。」

在恩師的揮手目送下，讀美和朔夜離開小學。

「……太好了，幸好趕上了。」

讀美站在校門外，看著手中的書，鬆了一口氣。

已經蓋了除籍的章，就表示如果她再晚來個幾天，可能就找不到了。說不定是永遠都找不到了……一思及此，或許真的是千鈞一髮。實在太感謝幫她把範圍縮小的並了，能夠盡自己最大的努力去做真是太好了。這麼一來，就能讓英子與這本書重逢了……

戶外的陽光變暗了，太陽正沉向山的另一邊，讓人感受到夜晚來臨的寒風也開始肆虐。他們似乎在這裡待了很久，時間已經過了下午四點。

「姊，接電話啊。」

讀美抱著書，用手機打電話給英子。她記得英子今天上早班，應該已經下班了吧……果然，電話響了幾聲便接通了。

「喂，讀美？怎麼啦？」

「姊，我找到了！我找到那本書了！」

「咦……真的嗎？」

姊姊在電話那頭驚呼，讀美有些忍俊不住，「嗯！」地點頭回答。

「我現在在秩父，正準備帶她回大宮。」

「妳幾點會到大宮站？」

「呃，現在出發的話，大概六點半吧！」

「我在車站等妳。」

「好，待會兒見。」

讀美掛斷電話，把書收進包包裡，和朔夜一起用最快的速度趕往最近的車站。

三十分後有一班一個小時只有一班的電車——而且還是快車剛好進站，兩人連忙衝進月臺，跳上停靠的電車，氣喘如牛地找位子坐下。

秩父鐵道的快車跟各站停車的時候不一樣，是雙人座兩兩相對的包廂式座位。讀美面向行進方向，朔夜則是坐在她的對面。除了讀美他們以外，車上只有一位乘客，幾乎是包車的狀態。

電車轟隆轟隆地開動了。

「能趕上電車真是太好了。」

「嗯，這麼一來就能按照原訂時間抵達了。」

「是嗎，那我先睡一下。」

因為在陌生的城市東奔西跑，想必很累了。朔夜說完這句話就閉目養神。

冬天的夜晚來得早，尤其是沒什麼人工燈光的山林間就更不用說了。

電車行駛了幾分鐘後，天空變成紫色，再過幾分鐘後又變成藍色，因為樹蔭有的地方濃密、有的地方稀疏，所以一下子暗、一下子亮地瞬息萬變——沒多久，太陽完全沉沒在山坳裡，世界染上一層漆黑的夜色。

白天在陽光的照射下，景色在車窗外流動，如今映照出讀美和朔夜的睡臉。

「可以見到英子嗎？」

回頭一看，老婆婆就坐在讀美身旁。似乎是從讀美的包包裡溜出來的。

「小姑娘，妳說妳是英子的妹妹，那妳叫什麼名字？」

「我叫讀美。」

「讀美啊……聽起來是個書會喜歡的好名字。」

「老婆婆尊姓大名？」

「我嗎？我叫阿松。」

老婆婆微笑地看著讀美，把滿是皺紋的臉擠出更多皺紋。

「英子今年幾歲了？」

「姊姊今年……我想想，我們差了十歲……所以是二十七。」

「已經過了二十年啦……時間過得好快啊。」

「阿松婆婆曾經住在我家吧。」

「哦，妳知道啦？」

「是的。姊姊告訴過我，我們家在改建之前，有間奶奶的書庫，她是在那裡遇見阿松婆婆的。」

「沒錯沒錯。那是個寒冷的冬日呢，差不多就是現在這個季節吧……因為根本不會有人來書庫，所以我一時大意，化為人形，沒想到英子嘎啦一聲就把門給推開了……當時真是嚇了我好大一跳呢！」

或許是想起當時的情景，阿松咯咯笑著。

「阿松婆婆為什麼會在我家？」

「我原本是妳奶奶——阿初的書。她嫁過來的時候，把我也一起帶來了。」

「……奶奶肯定很寶貝阿松婆婆吧，還寫上名字。」

「哎呀，妳注意到啦。」

「對不起，我剛才不小心看到了……封底的內頁有奶奶的名字和日期。」

「因為很丟臉，我叫她不要寫，但阿初不聽勸阻。而且為了不讓任何人擦掉，還特地用墨水……不過，現在回想起來，像這樣寫上書本主人的名字也不錯。」

阿松用手指摩挲著封底內頁裡，阿初用舊姓寫的名字，彷彿她與阿初的回憶就烙印在那裡。

「……阿初體弱多病，所以英子剛出生的時候，她就把英子託付給我，說是『妳一定會活得比我久，所以我死之後，孫女就拜託妳了。』可是啊，我的存在對阿初以外的人是個秘密。所以我一直在書庫裡等待著英子的出現。一面在心裡想著怎麼還不來？是不是不會來了？」

「然後姊姊就在想都沒想到的時間點出現了。」

「沒錯，就是妳說的那樣。」

讀美的舉一反三讓阿松豎起大拇指，深深頷首。

「……阿松婆婆，方便的話，可以告訴我姊姊或奶奶的事嗎？」

讀美無緣得見的祖母、還沒有記憶時的姊姊……這本書都知道。讀美希望她能告訴自己，她非常感興趣。

「可以啊，不過是老太婆的回憶就是了……可能會很無聊，妳就姑且聽之吧。」

於是，阿松開始絮絮叨叨地說起她是如何遇見讀美的祖母阿初、以及與年幼英子的回憶。

◆　◆　◆

我是在距離現在大約七十年前遇到阿初的。

當時的我還很年輕，相當於妳現在的歲數吧。

剛好是戰爭結束的時候，幸魂市大宮站前的馬路上出現了很多黑市。

妳知道什麼是黑市嗎？就是隨便搭個帳篷，或者是把用茭白筍的葉子編成的草席鋪在地面上，陳列著各種商品的路邊攤。

那為什麼要叫做黑市呢？

因為是不合法的。在沒有得到任何人許可的地方，販賣著不曉得從哪裡弄來的東西，價錢也都沒個標準地隨便開價，甚至還開始賣起私釀的酒來，規模似乎變得愈來愈大。

戰後疲憊困頓的城市光是這樣就充滿了活力。然而，這對復興計畫造成阻礙，所以市政府和警方都傷透了腦筋。

如此這般，黑市面臨轉移陣地的命運。

其中一部分改到冰川神社的參道上……哦，妳知道冰川參道啊。那話說起來就快多了。

於是那條參道上林立著黑市。妳可能無法想像，如今生長在那裡的高大樹木，當時全都枯萎了，因為在那裡踩來踩去的人實在太多了。

我和阿初就是在那裡相遇的。

我在大宮出生，後來輾轉在書店的書架上流浪。總是偷偷地溜進去，待膩了就又溜到別家書店的書架上，所以不曾固定待在某個人身邊。

然而大宮也遭到空襲，我為了不被燒掉，便從最後待的書店逃出來……發現偶然間路過的黑市充滿活力。明明過去從未屬於任何人，那個時候卻突然留戀起人類來了，真不可思議。

剛好雪花輕飄飄地落下，再這樣下去，本體就會溼掉，於是我開始尋找附近有沒有可以躲雪的地方。

這時，我看到黑市裡有個賣書的帳篷，於是我便躲進那個路邊攤的商品裡，擺出跟陳列在那裡的書同樣的姿勢。

我能感受大家的日子都過得很艱難，光是要買到賴以維生的東西就疲於奔命了，根本不會有人多看我們這種書一眼吧。我注視著快步從眼前經過的人群……

就在這一刻，突然有個芳華正茂的女人拿起了我。

那個人就是阿初。

「這本書可以賣給我嗎？」

她說話的方式聽起來就不像是會出現在這種地方的人。穿著打扮非常得體，教養也很好，與黑市真是太不搭軋了。

明明對我一無所知，老闆卻隨便說了一個數字。顯然是過度哄抬的價格，令阿初露出有些苦惱的模樣，但她還是接受了這個價格，把我買下來。真是個傻姑娘，我根本沒有那個價值。

阿初小心翼翼地捧著我，然後什麼其他東西也沒買，就回家了。

我猜她肯定是好人家的大小姐，果然沒錯。

妳去過阿初的娘家嗎？那是一棟蓋得非常漂亮的房子喔，釘在牆壁上的書櫃也非常氣派呢，住起來非常舒服。

阿初一回家就把我放在書桌上，興高采烈地開始閱讀我的內容，笑嘻嘻的。自己的內容被那樣得知還真令人害臊呢……因此，我也想知道阿初的事。

我出現在書桌的另一邊，以自然的聲調對她說：

「我的內容有趣嗎？」

阿初起先還專注於閱讀我的內容，毫無反應。
於是我抓住書頁的一角，故意在她面前掀起來。
察覺有異的阿初抬起頭來，看著我，愣住了。
「呃……請問您哪位？」
她以非常認真的表情問道。
太好笑了，我忍不住放聲大笑。
待我向她說明我是那本書裡面的人，阿初雖然大吃一驚，但還是接受了我的說詞。
「妳不覺得可疑嗎？」我問她，但是阿初搖頭。
「書裡面的人嗎？真是太神奇了。而且我一直想和書交朋友。」
阿初笑著說。
一問之下，阿初似乎是冰川神社很虔誠的香客，那天也是去神社參拜。
阿初的身體不太好，所以雖然很感興趣，但平常是不會靠近黑市那種地方的。只是那天剛好下雪，才會不小心闖入黑市的人潮裡。阿初在參拜的回家路上，邊走邊逛黑市裡的商品，然後就看到我了。
剛好阿初去神社參拜，剛好那天又下雪，剛好我混進黑市裡，剛好阿初走向黑市……

感覺我們就像是在一連串巧合的重疊下相遇的。

阿初總是把我帶在身邊。

非常寶貝，非常愛惜，簡直把我當妹妹看待。

我問她當時為什麼會選中我，阿初是這麼說的：

「就感覺有人叫我拿起這本書。」

真不可思議。在我過去的人生——不對，是「書」生——從來沒遇見過這種人。

居然能在茫茫書海中找到我。

我的本體……討厭啦，當時可不像現在這麼狼狽喔。

以前還更好一點，不過也沒有精美到會吸引阿初那種大小姐的目光。看到我的封面就明白了吧，很不起眼。而且只能從書名猜測是什麼樣的內容，所以實在不覺得有人會買。

可是阿初好像光看書名就決定要買下我了。

我的內容就跟書名一樣，記錄著花的一生。會讓人覺得這麼樸素的裝幀也配談論花嗎？

而且內容也好不到哪裡去，是很普通的故事喔。

很無聊的故事。

只是在描寫花發芽、綻放、凋零的過程，倒不如去欣賞實際的花還比較有趣。

我不禁覺得，阿初的喜好還真特別啊！

可是，阿初笑著對不以為然的我說：

「阿松，我非常喜歡在妳的體內描繪的那種、即使生命短暫，也要拚命綻放、努力活下去的花的一生喔……我從中得到非常大的鼓舞。所以，我也想活下去，努力地活下去。」

身體孱弱的阿初似乎已經放棄了結婚生子的念頭。

但是搞到後來，阿初不僅結婚生子，連孫子都有了。

人生真的不知道會發生什麼事呢！

時光荏苒，阿初的兒子長大了，也結婚、生了小孩。

阿初的孫女——沒錯，就是英子。

……阿初肯定以為自己活不久吧。

「我作夢也沒想到自己能活到這個歲數，還能親眼看到孫女出生。」

阿初愈來愈常提起自己能夠活著簡直是一個奇蹟。

「因為我是這樣的身體，活著的每一天都很害怕不曉得什麼時候會死去……可是，是阿松教會對人生感到戒慎恐懼的我，要盡全力地活在當下喔！」

兩人單獨在書庫的時候，看到我現出人形，阿初就會反覆叨唸著這句話。

是不是人老了，就會反覆叨唸著同一件事啊？我也不是很清楚。而且我最近也會一直想起與阿初及英子的回憶。對於現在的我來說，留在手中的過去肯定比未來還要多吧，因為我已經垂垂老矣。

阿初經常把我的內容唸給英子聽。就算她兒子的老婆說：「您唸那種書給她聽，英子也聽不懂啦！」阿初也對她的話充耳不聞……她也有這麼頑固的特質喔，已經下定決心的事就絕不退讓……跟妳一點都不像吧？

英子也很喜歡阿初，總是纏著她說：「奶奶，唸花的書給我聽！」

有一次，英子一個人來書庫找我，結果堆積如山的書倒下來，害她受傷了。從此以後，阿初和英子接觸的時候，都會把我隨時放在旁邊。

因為阿初經常把我帶在身邊，她們的對話我全都聽得一清二楚喔。當然不是故意的，但是就連英子說「這是我和奶奶之間的秘密」的事情也全都聽見了。

嗯？妳想知道是什麼秘密？

像是英子心儀的男生名字啦、初戀情人啦。名字嗎……不告訴妳。因為那是英子和奶奶兩人之間的秘密……雖然結果變成兩個人和一本書的秘密就是了。

不過，我也算是一路看著英子長大。是阿初讓我參與她的成長過程的。

……現在回想起來，那其實是阿初的「準備」吧。

那大概是英子四歲時的事了。

當我一如往常地在書庫裡現出人形的時候，阿初突然說：

「很快就會有人來接我了。」

「妳突然在說什麼呀……妳還很健康不是嗎？真是的，不要胡說八道啦。」我想用這種談笑風生的方式把這個話題帶過去，但阿初搖頭。

然後以已經不可能的語氣說道：

「阿松……我也很想永遠永遠守護著英子的成長喔……想看英子上小學背書包的樣子、上國中穿制服的樣子……上了高中以後，大概會學大人打扮吧……然後擔心她長大成人以後，能不能找到夢寐以求的工作，將來能不能遇見真心相愛的人……還有好多好多話想聽她說。」

「那妳就聽她說吧！」我說。

「可是，我好像快不行了。我心裡有數……所以阿松，請妳代替我，好好地守護英子。」

才不要，妳自己守護啦！那是妳的使命啊……我抵死不從地說。

可是，阿初依舊流露平靜的微笑。

「英子就拜託妳了。」

居然就這麼不負責任地把這個差事推給我。

……幾個月後，阿初就死了。

◆◆◆

「──在那之後，我就一直住在書庫裡。」

阿松把原本望著遠方的視線轉回讀美身上。

「……您始終一個人待在書庫裡嗎？」

「是的，始終一個人……英子好像也被警告不要靠近書庫，以免受傷。只有阿初的兒子或媳婦偶爾會來透透氣，除此之外我始終一個人。」

「很寂寞吧……」

「對呀……可是自從英子來了以後，又變得很開心了。」

阿松溫柔地微笑。

從她的表情看得出來，她是打從心底很高興能遇到英子。

「英子從走進書庫那天開始，幾乎每天都來看我。她也叫我『奶奶』，講了好多事給我聽。像是學校裡開心的事、不開心的事、發生什麼事、發生時有什麼感想……英子都會不厭其煩地與我分享，也會找我商量她的煩惱。每次我都揣摩如果是阿初會怎麼說，再把想到的答案告訴她。」

「姊姊也有煩惱嗎？」

「那當然！」

「比如說？」

「我想想，比如說……嗯，像是意中人的事啊、像是該怎麼做才能讓意中人愛上自己、或者是如何才能讓對方明白自己的心意之類的。」

「……真不敢相信，姊姊也有過這樣的時期啊……」

阿松說的話讓讀美受到衝擊。

就連那個乍看之下天不怕、地不怕的姊姊，也曾有過煩惱這種事的時候。就跟去年年底聽到她本人說「任誰都有辛酸的過往」的時候一樣，完全無法想像。

「是嗎？我反而只認識那個時候的英子呢。英子現在已經長成什麼樣的大人呢……我迫不及待想要見到她了。」

或許是想像著與英子重逢的瞬間，阿松瞇起眼睛，眼尾紋愈發深刻，眼神也更加平靜。然後深深地嘆了一口氣，將身體癱在座椅上。

「……好像說太多話了，有點想睡。」

「啊，對不起。還要好一會兒才到大宮，請您先休息一下，到了我再叫醒您。」

「好的，那就恭敬不如從命了。」

阿松閉上雙眼……只見她的身影倏忽變淡，隨即消失不見。

只剩下老婆婆的古書還留在座椅上。

讀美輕輕地拿起那本書，小心翼翼地放進包包裡。

指尖感受到阿松封面的纖維已經開始翹起來了，那種觸感讓她想起剛才聽到的久遠過去。時間的高牆太厚了，聽起來簡直像發生在另一個世界的事。或許是因為當時自己根本還沒誕生在這個世界吧。

或許人只能正確地感知自己活在當下那一瞬間的事，因此過去才會變得愈來愈模糊，又看不見未來吧。

「……妳們聊完啦？」

就在讀美把包包關上的時候。

朔夜睜開眼睛，對她說。

「你一直醒著嗎？」

「沒，一開始睡著了。但是該怎麼說呢，老婆婆的說話的方式聽起來好舒服。」

「說話的方式？」

「聽起來好快樂的感覺。」

朔夜瞥向讀美的包包，眼神變得柔和。

「那個人在妳祖母和姊姊身邊的時候肯定很幸福吧！」

讀美也有同感。

因為阿松在提起過去的種種時，看起來非常神采奕奕。

光聽就知道當時的記憶正鮮活地在阿松心裡甦醒。

「阿松婆婆的故事非常有意思。明明是我自己的家人，我卻什麼都不知道。奶奶在我出生以前就不在了，所以我總覺得阿松婆婆好像奶奶，根本就是我想像中的奶奶。」

「不是很像嗎？」

「阿松婆婆嗎？像我奶奶？」

「那兩個人很像吧！」

朔夜解釋給摸不著頭腦的讀美聽：

「不是有人說人會受到書本的影響嗎？書本也一樣喔！會受到人類的影響。婆婆跟妳祖母相處的時間那麼長……至少有幾十年都在一起吧？那麼就算互相影響，變得愈來愈像對方也不足為奇。」

原來如此，讀美可以體會。人類的確會受到書的影響，或許反之亦然。如同夫妻或好朋友會互相影響，變得愈來愈像對方，或許阿初和阿松也因為長時間在一起生活而變得愈來愈像了。

「姊姊的事情也是。我明明和姊姊住在一起，卻完全不了解她……一想到我姊也會為喜歡的人煩惱，就覺得鬆了一口氣。」

「妳姊姊『也』，意思是說妳也有這方面的煩惱嗎？」

被他點破，讀美不由自主地發出「啊！」的一聲。

……好像給自己挖了一個好大的洞。

朔夜一瞬也不瞬地盯著她的視線令讀美不知所措，只好不甘示弱地瞪回去，筆直地捕捉住那對顏色很淺的瞳孔，說：

「沒錯，我是有煩惱，也不想想是誰害的。」

讀美只是想比照某次在咖啡廳避重就輕的方式反擊。

然而，威力似乎比她預期的還要強大許多。

「啊，喔，呃……欸……呃……啊……」

朔夜難得亂了方寸。他嘴巴頻頻蠕動，但是講了半天也講不出一句完整的話來，從未見過的反應令讀美不自覺地眨巴著雙眼。

然後微側著螓首，等待他的回答。於是朔夜似乎總算是冷靜了下來，「呼……」地吐出一口氣，像是要把身體裡的空氣全部吐光，身體也跟著蜷成一團。被金色的髮絲擋住，看不見他的表情。

「那個，朔夜，呃……」

「……下次一起休假的時候，要不要去冰川神社？」

朔夜把雙手放在張開的大腿上，仰起頭來，從下往上瞅著讀美說。

「去神社幹嘛？」

「新年參拜啦！我還沒去過。」

「啊，我也還沒去過。」

「那就這麼決定了。還有……」

「什麼？」

「今年的聖誕節，不要回老家了。」

「咦？今年的聖誕節還好久耶……為什麼？」

「妳一定要我把話全部挑明了說嗎？」

「欸？欸？可是我不懂你的意思啊。」

「給我弄懂來！我是說……我想跟妳一起過……」

認識至今未曾看過朔夜的臉紅成這樣，再次低著頭，有如呻吟般地說：「……笨蛋。」

真的是笨蛋。讀美也低下頭去。

都說成這樣了，怎麼就是反應不過來呢？

「……所以妳的回答是？」

自己的手用力地在併攏的膝蓋上握緊。讀美凝視著自己的手，因這句話而慢吞吞地把頭抬起來。

臉上還飄著紅暈的朔夜正等著讀美回答。

讀美用力地點頭。

「嗯，一起……過吧。」

這句話似乎令朔夜如釋重負，只見他「啊啊啊啊……」地把背靠在椅子上，大大地吐出一口氣。

電車似乎也在嘲笑他們似地搖晃著車身，轟隆轟隆地往大宮站前進。

轟隆轟隆，轟隆轟隆……車輪的聲音宛如催眠曲。

有兩本書似乎正聽著這首催眠曲，在讀美的包包裡睡著了。

第五章

幻本會看見主人的夢嗎？

在熊谷站由秩父鐵道轉乘ＪＲ的電車，又過了好一會兒。

讀美等人終於抵達大宮站。

英子傳來的簡訊上寫著「我在西口等你們」，因此讀美一行人通過大宮站的剪票口，走向西口。

讀美不明白姊姊為何會特地指定在西口見。如果要相約見面，位於車站裡的「豆子樹」是很有名的會合點。

把這個問題傳送給英子，只得到「有事」的回答，所以讀美、朔夜以及放在包包裡的兩本書一起前往西口。或許是因為豆子樹前人太多了，英子認為在人潮比較少的西口與阿松重逢更為理想。

大宮站的西口已經變成行人專用廣場，又稱空中走廊，是一條立體的行人專用道。日本最大的行人專用廣場在宮城縣的仙台車站，據說這個大宮站的廣場跟仙台的很像。

走到宛如橫跨在巴士總站上向前延伸的這條鋪著紅磚的寬敞走廊上，白色的物體輕飄飄地從沒有遮蔽物的漆黑夜空中飄落。

「怎麼，下雪了……好稀奇啊！」

「這一帶明明不會下雪呀！」

朔夜也抬頭仰望夜空，白色的氣息與他說的話一起在空氣中裊裊上升。

「到了嗎？」

阿松出現在讀美身邊，芽衣也一起幻化為人形。

由於現在行人稀疏，沒有人留意到她們突然現身的事。

「哎呀，下雪啦……我遇見英子那天也是這樣的下雪天，真巧啊！」

阿松伸出因老化而顫抖不已的手心，彷彿是想捧住飄落的雪花。然而，雪花卻筆直穿過阿松滿是皺紋、指節粗大的手，落在地面上消失了，彷彿打從一開始就不曾存在過。

「妳們會弄溼喔！」

「不用擔心，因為本體在讀美的包包裡。」

定睛一看，芽衣和阿松的手雙雙伸進讀美的包包裡，還有些稍微透明的部分，就像欺騙視覺的畫作。路人要是看到，肯定會大吃一驚吧。

「等、等一下，當心被人發現……」

「不會啦……應該說是讀美坐立不安的樣子反而比較引人注目，所以請妳先冷靜下來。」

經此一說，讀美覺得芽衣說得也有道理，於是就保持平靜的態度，若無其事地站好。朔夜也不著痕跡地換個角度站，以免路人看見讀美的包包。

「英子她……」

「我猜就快到了……啊，在那裡！」

讀美指著姊姊從廣場前方三步併成兩步走過來的身影。

「姊，這邊！」

讀美朝她招手。

英子聽見她的呼喚，似乎也注意到這邊了。看見讀美身邊的阿松，頓時大吃一驚地瞪圓了雙眼，然後馬上衝過來，提在手上的紙袋隨著她的動作窸窣作響。

狂奔而來的英子在讀美等人跟前停下腳步。

她上氣不接下氣地注視著阿松，彷彿在思考要說什麼。

反而是阿松先採取行動。

阿松把本體從讀美的包包裡抽出來，站在英子面前，微微一笑。

「英子，好久不見了。」

「奶奶……我好想妳！」

英子像個孩子似地癟著嘴巴，把手伸向阿松的本體。

用指尖觸摸粗糙的封面，再也不願放手似地抓住。

「英子，一陣子不見，妳變成大姑娘了，當時明明才那麼小。」

「才不是一陣子呢，已經二十年不見囉，我已經是個大人了……」

「真的變得亭亭玉立了呢。」

阿松目不轉睛地瞇起眼，彷彿要把她的成長看清楚。

「妳變成姊姊啦。」

「嗯，對呀！」

「奶奶不在妳身邊的時候，妳有沒有好好努力？」

「大概有吧……我自覺已經很努力了。」

「妳和妳喜歡的那個男孩子後來怎麼樣了？」

「我跟他已經是八百年前的事了，小學畢業以後就沒見面了……對了，奶奶，關於我的初戀，當初妳是從我和阿初奶奶說的話聽來的吧？」

「嗯，沒錯，因為我一直和阿初還有英子在一起嘛。」

阿松始終以無限緬懷的眼神緊盯著英子。

「學校生活開心嗎？」

「討厭啦奶奶，我早就已經從學校畢業了，現在是個上班族。」

「這樣啊，已經長這麼大啦……妳現在在哪裡工作？」

「在圖書館。」

「是嗎？那真是在一個好地方工作呢……這份工作可以吃得飽嗎？」

「嗯，勉強餬口。」

「身體呢？健康嗎？」

「健康健康！非常健康！」

「沒感冒吧？因為妳一感冒就會發燒。」

「討厭啦！我已經不是小孩子了，沒那麼脆弱。」

「那就好。可是，既然妳都長這麼大了，有意中人嗎？」

「還沒有……」

「哎呀，世上的男人也太沒有眼光了。像妳這麼好的女孩，遲早會遇見良緣的，奶奶保證。」

「真的嗎？但願如此。」

英子在阿松的帶動下笑了。

讀美在一旁看見姊姊笑得有如孩童般天真，打從心底覺得能找到阿松真是太好了。

「……英子姊和婆婆能見到對方真是太好了。」

在一旁看著此情此景的芽衣瞇著眼說。讀美在她身邊猛點頭。

「對呀！真的太好了。」

能讓阿松與英子久別重逢，真是謝天謝地。兩人接下來肯定能填滿失去的那二十年的時間吧，接下來應該能將織就到現在的關係繼續延續下去。

讀美以為一切都能這樣順風順水地延續下去……就在那一刻。

阿松的身體突然搖晃了一下，然後跪倒在地。

「奶、奶奶？妳怎麼了？不要緊吧？」

「唉……果然還是不行了……」

阿松讓英子抓住自己的本體，支撐著她的身體，苦笑著說。

「我從前些日子就知道了，很快就會有人來接我了……」

「誰要來接妳……」

「死神啊。換成人類的說法，就是大限將至的意思吧……」

怎麼這樣……英子緊緊地抓住阿松的本體。

「才沒有那種事呢，因為……因為我們好不容易才見到面不是嗎？」

「英子……」

阿松把手伸向英子，身影逐漸消失。

「奶奶……奶奶！」

英子一把將阿松的本體擁入懷中，以悲痛的聲音呼喚阿松。

「姊……」

「讀美……怎麼辦？我們好不容易才見面……怎麼這樣……」

淚水盈滿在姊姊低著頭的眼眶裡，驚慌失措的模樣是讀美過去從未見過的。

對自己而言永遠是姊姊的姊姊，從來不曾在自己面前流露出脆弱一面的姊姊，如今幾乎要哭倒在地。

「姊姊，把阿松婆婆的本體借我一下！」

讀美對英子伸出手。

英子似乎有些困惑，抬起頭來，將阿松的本體放在她手上。

讀美從姊姊手中接過阿松的本體，掂量那本本體的重量。

……好輕……可是，本來就是這樣。讀美拿起阿松的時候本來就這麼輕。

與那時候的重量一樣。

太好了，這表示阿松的靈魂應該還留在本體裡。

讀美用力地咬緊下唇思考。

她想幫助姊姊，也想幫助阿松。

命在旦夕的幻本……能不能想想辦法……想想辦法……

「去桃源屋書店吧！」

英子不解地轉動著眼珠子。

「妳說桃源屋書店……是妳打工的地方嗎？」

「讀美，妳是說……」

「難不成……」

芽衣和朔夜似乎猜出讀美的想法了。

「嗯。」讀美點頭。

「去書店的話，或許還有辦法。」

讀美他們帶著英子，前往桃源屋書店。

從大宮站的東口出去，再朝著鬧區，穿過人聲鼎沸的街道，轉向冰川神社的方向。

下雪的寒夜，冰川參道上人煙稀少。讀美他們以近似跑步的速度在鴉雀無聲的參道上前進。英子掛在手臂上的紙袋窸窣作響，小心翼翼地把阿松的本體抱在胸前。芽衣為了不扯大家後腿，正躺在讀美的包包裡。

或許救得回來——讀美心想。

就像夏天救回朔夜那樣，阿松或許也還有救。

就算自己辦不到，並應該有辦法。

像阿松這麼古老劣化的書，或許就連並也愛莫能助。但是讀美無法忍受什麼也不做，只是束手無策地任由時間流逝。或許只是白費工夫，但她還是想努力到最後一刻。就是因為採取行動，才能找到阿松。這次只要盡力而為，只要別放棄，或許還是能改變什麼。

在這種近乎祈禱的念頭驅動下，讀美一行人朝書店狂奔。

四下無風，雪花一直線地靜靜落向地面。讀美等人所經之路，攪動了空氣，使得雪花輕飄飄地旋舞翻飛。一月的幸魂市居然會下雪，其實是件非常稀奇的事。然而，讀美他們此刻可沒有絲毫欣賞雪景的閒情逸致。

趕在雪花飄落到地面之前。

趕在飄落到地面的雪花融化之前。

三人懷著這樣的心情，穿過沒有人煙的參道。

讀美等人從被橘色的燈光照得濛濛亮的參道，轉進通往書店的羊腸小徑，心裡一面覺得蜿蜒曲折、構造複雜得跟迷宮沒兩樣的路實在太討厭了。好不容易終於抵達書店門口，他們直衝進去。

門裡頭是方才還藏在夜色裡的庭園。

「姊，就快到了。」

「嗯。」

英子氣喘吁吁地回答。

下著雪的庭園至為寂靜，星羅棋布的園藝燈照亮了通往目的地的走道。宛如白色教堂的桃源屋書店在穿過一片綠意的走道盡頭，出現在夜色中。

看到書店，讀美鬆了一口氣。

「姊，到了，就是那裡。」

讀美他們從夾雜著枯葉的綠色拱門衝出來，在沒有任何遮蔽的夜空下，穿過翩然飄落的雪花。最先衝到店門口的朔夜，率先推開書門的大門，引領大家進去。

就在這個時候。

「讀美，等一下。」

芽衣從包包裡跑出來，叫住讀美。

「婆婆她……」

讀美氣喘如牛地望向芽衣的視線前方。

阿松出現在停下腳步的英子面前。

「阿松婆婆。」

讀美喚她，阿松轉過頭來，看著讀美和英子，再環顧四周，目光停留在桃源屋書店。

然後仰望夜空，閉上雙眼，吸一口氣。

「……這裡真是個好地方啊！」

笑意浮現在阿松的嘴角，只見她慢慢地看著讀美。

「讀美，謝謝妳帶我來。這裡似乎有人擁有不可思議的力量呢！我還以為我已經不行了，託他的福，我又能再出來一次……」

阿松輕撫自己的本體，然後重新望向英子。

用一瞬也不瞬的平靜眼神凝視著她……然後嘆息似地說：

「……英子，我們好像要在這裡分開了。」

英子把頭左右搖成一個波浪鼓。

「奶奶……我才不要，不要……」

「……我啊，早在二十年前，就已經和妳分開過一次了。還以為這輩子再也見不到妳……幾乎都已經死心了，沒想到還能再見到妳，已經是奇蹟中的奇蹟了。」

阿松走向英子。

她拂去英子頭上的積雪，摸摸她的頭。

英子咬緊顫抖的唇瓣，強忍住淚水。

阿松微微一笑，對這樣的英子張開雙臂。

被熏黑的枯黃色和服衣袖在翩然飄落的雪花中開出一朵花來。

那種風化般的顏色浮現在黑暗中，反射著從書店門口透出來的光線，閃爍著雪白的光芒。

不對，是阿松本身在發光。

阿松緊緊地擁抱著英子，說道：

「奶奶能遇見英子，真的很幸福喔！」

英子瞪大雙眼。

就在豆大的淚珠從她眼中墜落的瞬間。

光的粒子開始從阿松的體內升起，簡直就像是逆天而行、往上飄的雪花。

「奶奶等一下！我有東西要給奶奶看！妳看這個！」

英子連忙讓阿松看紙袋裡的東西。

看到裡頭的東西，阿松又驚又喜地張大眼睛——

一行清淚順著臉龐滑落，她笑著說：

「……謝謝妳，英子。」

隨著光的粒子愈來愈多，阿松的身體也逐漸透明。

阿松將自己的本體遞給英子，英子接過。

放開本體的瞬間，阿松對英子微笑。

一陣風輕輕柔柔地吹過。

光的粒子融進雪花裡，往空中飛舞——然後，阿松的身影便消失了。

在讀美等人的注視下，英子將手中的阿松本體緊緊地擁在胸前。

低著頭，蜷縮著身體……從英子眼中流下的淚夾雜著聽見的人都為之鼻酸的哽咽。

讀美輕撫著姊姊的背。可悲的是，自己只能這樣安慰她。

「讀美……謝謝妳……奶奶好像走了。」

英子吸著鼻子，用衣袖拭去眼角的淚水，將阿松的本體遞給讀美。

讀美慎重其事地接過……好輕。是骸本。

阿松的魂魄已經不在這裡面，已經確實踏上另一段旅程了。

從這本書中的世界，去到另一個好遠好遠的世界。

「雖然很難過，但最後能履行約定真是太好了……」

英子拎起紙袋給她看。讀美微側螓首。

「約定？」

「這個。」

英子拿出紙袋裡的東西給捧著阿松本體的讀美看。

那是一束小巧的花。

由白玫瑰和黃玫瑰組成，既不氣派也不豪華，卻是一束美麗又優雅的花，彷彿具有讓人卸下雙肩重擔的力量。

讀美覺得跟阿松有點像。

「……我答應過奶奶，總有一天要給她看真正的玫瑰。因為奶奶明明是一本花的書，封面也描繪著玫瑰，卻說她沒看過真正的玫瑰花……還好終於讓她看到了。」

英子滿足地微笑，把那束花遞給讀美。讀美把阿松還給她，交換似地接過那束花。

「這個給妳。不嫌棄的話，請插在妳打工的地方。」

「啊，嗯……姊姊，妳要去哪裡？」

「我要去買一塊漂亮的布，用那塊布為奶奶做一件書衣。因為再這樣下去，只會變得愈來愈破爛吧。」

骸本會劣化到無法閱讀的程度，所以如果要留下來，包上書衣的確會比較好。只要包上書衣，就能避免封面的摩擦導致繼續劣化。在大學圖書館修補書的英子，大概是基於經驗作出這個決定。

「啊！還有，讀美。」
英子正要離去，又再度回頭。
「謝謝。託讀美的福，我才能再見到奶奶。不只見到她最後一面，『還讓她摸了我』……非常感謝妳。所以，我決定支持妳打工的事了。」
「咦……可、可以嗎？妳不是反對嗎……」
英子突然答應她打工的事，令讀美瞠目結舌。
英子不懷好意地一笑。
「當然不是沒有附加條件喔！我不是說過嗎？要在用功讀書的前提下。」
「嗯、嗯！我會的！」
讀美握緊白玫瑰與黃玫瑰的花束，不住地點頭。
然後英子看看朔夜，再看看書店的方向。
「芽衣和朔夜，還有那邊那位，謝謝你們。我妹妹就拜託你們多照顧了。」
英子丟下這句話，轉身離去。
目送英子將阿松裝進紙袋裡，小心翼翼捧著的背影，讀美突然發現一個問題，與朔夜面面相覷。

「……那邊那位？」

兩人同時回頭望向書店的入口處。

然後同時發出「啊！」的一聲。

神就站在書店門口。

臉上貼著白色書頁的神，貌似正觀察著這邊的動靜。

這時，從店內傳出豆太「汪！」的叫聲。

不知是被豆太的叫聲嚇到，還是因為被讀美他們發現，只見神轉身衝回書店，身影隨即混進書架的森林裡，消失不見。豆太蹬蹬蹬地跑出來，或許是遍尋不到神的身影，搖著尾巴，一臉大惑不解地歪著脖子。

看到神的身影，讀美呆若木雞……感覺剛才閃過腦海的疑問有了答案。

「難不成，阿松婆婆之所以能摸到姊姊……是因為神？」

「……或許是在最後一刻，神給了阿松婆婆能摸到人類的身體。」

朔夜輕輕地把手放在讀美頭上，朝店內探頭探腦地做出這樣的解釋。

朔夜把手從讀美頭上收回去，領著猛在腳邊搖尾巴的豆太走進書店，邊嚷著「不見了……」邊在店內東張西望地四下搜尋。

讀美用手輕撫被他碰到的部分，不禁想起朔夜變成人類時的事……那個時間一眨眼就過去的炎熱暑假，令人有些懷念且難忘。

「請問，剛才那個就是神嗎？」

被芽衣這麼一問，讀美才猛然回神。

「等等，妳們從包包裡跑出來，沒弄溼吧？真的沒有嗎？要不要緊？」

「妳也保護過度了吧……沒事啦。因為在外面的時候都乖乖地待在包包裡。」

「這樣嗎？那就好……對了，妳看到神了？」

「嗯，雖然只有一下下。」

「我就說吧！我沒騙人吧！是真的有吧！」

「嗯，是真的……」

芽衣老實地同意她說的話。換作是平常，她應該會說「只是幻本裡的人吧？」腦海中浮現出這個疑問，於是芽衣揭曉：

「其實神剛才摸了我的頭。」

「什麼？神摸了妳？」

「嗯。那一刻，我能感受到神的心情……不對，那或許是一種記憶的情感。」

「記憶的情感？」

「我只感受到被人珍視時的情感。或許是阿松婆婆的心情也說不定……非常溫暖，感覺某種早就從我內心消失的東西回來了。」

「什麼消失的東西……」

「……相遇的喜悅之類的。」

芽衣言盡於此，將視線從讀美身上移開，暗示這個話題已經結束了。

然而，倘若那種喜悅再次回到芽衣心中，讀美認為這是一件可喜可賀的事。因為她一直對與讀者的相遇不以為然，今後或許會對相遇抱持比較正面的態度，這可是非常了不起的變化。

她原本認為有等於沒有的神是存在的。

已經從內心消失的相遇之喜也是存在的。

從無到有需要非常巨大的力量。然而，這兩個「有」已經出現在芽衣心中了，這是很好的現象。

讀美很高興神與芽衣能有這樣的第一類接觸，留下芽衣，進屋裡找並去了。她得向他報告已經找到英子要找的書，也得向他請示該怎麼處理英子給她的那束花。

並就在櫃臺，讀美把花拿給他看，並說明來龍去脈。

「好漂亮的花啊！嗯，可以插起來喔。這麼一來就需要花瓶了，我去找找。」

並說完，離開座位去找花瓶。大概是要回自己在後面的住家吧，只見他走出書店。

當讀美凝視著手邊的花束，芽衣走過來，冷不防丟出這句話。

「是『相親相愛』和『才不會忘記你呢』的意思吧。」

「妳說什麼？」

「……玫瑰的花語。雖然有各式各樣的意思，但白玫瑰是『相親相愛』，黃玫瑰是——因為這種是淡黃色的玫瑰花——所以是『才不會忘記你呢』……這是巧合嗎？」

「哦，原來還有這樣的意思喔……姊姊好像不太清楚這種事，所以應該純屬巧合吧！不過……就算帶有這樣的心情，或許也不足為奇。」

英子送給阿松的這束花想必充滿了英子這麼多年來的心意，這束花或許是從二十年前就一直想要實現的約定吧。

就在讀美感慨萬千，目不轉睛地看著那束花的時候。

「那個，讀美……我有話想跟妳說，可以嗎？」

芽衣問她，讀美將投向手邊的視線移到站在前方的芽衣身上。

緊盯著讀美的芽衣露出前所未見的正經表情。在這之前，她從未這樣直勾勾地盯著讀美看。

「嗯？可以啊，什麼事？」

讀美在沒有任何心理準備的情況下微微頷首。

芽衣有如慢條斯理地翻開書本般，平靜地告訴她。

「關於我……自殘的原因。」

終章·表

留在薔薇詩集裡的傷痕

「我以前的主人是一個小孩。」

芽衣與讀美面對面地坐在櫃臺的椅子上，將自己的本體放在櫃臺上，凝睇著自己的本體，開始娓娓道來。

「大概是五年前的事了。那孩子與當時的我年紀相仿，我希望他能把我當成一本書來愛護、當成一本書來看待，所以我不曾現出人形過。」

「當成一本書？」

「……我對自己誕生為一本書的事感到自豪。當然也有像篤武前輩那種想成為人類的書，但我從未那樣想過。」

讀美聽到這裡，想起第一次同她提到神的時候。

當時，芽衣說了：「我又不想變成人類。」

那似乎不是死鴨子嘴硬，而是她的真心話。

「那孩子非常喜歡我，就連上小學也帶著我……帶我去各種地方。我們總是在一起。」

芽衣一臉緬懷地瞇著雙眼。

讀美從她的表情就能感受到，她當時肯定很快樂，當時的她肯定備受呵護。

然而，芽衣的表情卻蒙上一層陰影。

那層陰影愈來愈濃重，有如下雨前的陰天。

芽衣緊緊地咬住下唇，緊緊地握住放在本體上的手，看起來就像是想要壓抑雙手的顫抖。

「芽衣……沒事吧？」

讀美問她，只見芽衣閉上雙眼，靜靜地點頭。

然後再微微地睜開雙眼，深呼吸似地吸進一口氣說：

「我被那孩子拋棄了。」

讀美啞口無言。

並非毫無預感，但是直接從芽衣口中聽到這句話的重量與衝擊，還是令她連眨眼也辦不到。

「這個傷口……只有這個傷口不是我自己弄的。」

芽衣用指尖輕撫自己封面上的傷痕——應該是用刀子割出來的銳利傷痕。

「這是他帶我去學校的時候，他的同學亂揮著美工刀玩……差點就割到主人了。我覺得好危險，想要救他……這道傷口就是那個時候劃上的。還好他的同學也因此了解揮舞美工刀是件很危險的事，可是……」

「可是？」

「……主人卻說『我不要這本書了』、『我不要這種有傷痕的書』、『我只要乾淨漂亮的書』……那一刻，我感覺自己的存在被否定了。原來如此，原來我已經不完美了，所以是不需要的存在了。」

那只是小孩子的童言童語。不負責任，任由一時的感情用事說出來的話吧。但也正因為如此，不假掩飾，也不含任何雜質的純粹化為殘酷的利刃，讓這句話深深地傷害了芽衣的心也說不定。

「從此以後，主人就把我當成『不存在的東西』，不摸我也不看我，把我丟在房間的角落，彷彿我根本不存在。」

芽衣停下撫摸著傷痕的指尖。

然後仰起頭，眨了幾次眼，彷彿要忍住淚水。

就連聽她敘述的讀美都覺得苦不堪言。明明與自己無關，卻感覺胸口被利刃挖去了一塊，隱隱作痛。回想這件事，並將其訴諸言語的芽衣肯定比她更痛苦。

儘管如此，芽衣還是說出來了。

如果她要繼續說，讀美也認為自己必須專注地傾聽到最後一刻。

「我想他遲早會把我當垃圾丟掉吧。不是可燃垃圾，就是拿去資源回收……」

芽衣的表情扭曲，彷彿被自己說出口的話刺傷了。

然而，她反覆地淺淺呼吸，接著往下說：

「……可是儘管如此，我還是一本昂貴的書。所以主人的父母把我賣給某家位於東京知名二手書街的店……並就是在那家店買下我……雖然沒有變成垃圾，但還是被丟掉了……我就想既然如此，既然主人說我不夠乾淨漂亮就沒有價值了，那我就把你曾經鍾愛過的乾淨又漂亮的自己搞得破破爛爛的，就像這樣。」

「妳之前說過這是在復仇……」

「……沒錯，我想讓主人後悔。」

這就是芽衣自殘的理由。

這就是她破壞自己本體的理由。

「真是有夠笨對吧？明明那孩子早就已經忘了我……明明我們再也不會見面了……明明他才不會後悔……」

芽衣握緊自己的本體，低著頭。

啪噠。

淚水從她眼裡奪眶而出，墜落在她的本體上，消失無蹤。

啪噠、啪噠……芽衣的嘴唇顫抖著，呻吟般地開口。

「讀美，我是沒人要的書嗎？」

如同從肺腑裡擠出來的聲音，曾幾何時混入了啜泣聲。

讀美把手放在芽衣的本體上。芽衣揚起淚溼的雙眼，睇著讀美。

對讀美而言，這個問題根本不算是問題。

因為答案根本不用考慮。

「妳才不是沒人要的書呢！」

芽衣睜大了雙眼。

「讀、讀美……妳是說真的嗎？」

「嗯。而且，如果妳是沒人要的書，不就表示我沒把妳修好嗎？」

「啊！」

芽衣看著自己的本體，大顆小顆的淚珠從她的眼眶裡滾出來。

芽衣的本體有很多傷痕，然而，讀美幫她補好的部分也一樣多。

這點足以證明讀美對芽衣的心意。

「……讀美……就連這樣的我……」

「我也很重視喔！」

「即使有很多比我還新、還漂亮的書？妳還是會選我嗎？選擇這樣的我……」

「一定會喔！」

芽衣注視著讀美，眼睛瞪得比牛鈴還大。

「為什麼？明明是乾淨漂亮的書比較好……」

「才沒有這回事呢。」讀美搖搖頭。「因為我遇見的這本名為芽衣的書，是世界上獨一無二的一本。即使都是書，他們也不是芽衣。沒有書可以代替芽衣喔！」

淚水宛如斷了線的珍珠，從芽衣眼中落下。

芽衣把沒有實體的纖纖小手貼在讀美的手上。

「讀美……謝謝妳……謝謝！」

芽衣透明的手無法碰到讀美的手。

但是，雖然只有一點點，卻帶有無庸置疑的體溫。

我的願望是以一本書的身分被人所愛。

以一本書的身分，被人重視。

希望主人能一輩子珍惜我。

……可是，我以為再也不可能了。

我已經破爛成這樣了。這是我自作自受，我知道。

事到如今，已經再也不會有人愛我了。任何人都不會把目光停留在我這樣的外表上。誰也不會喜歡我。

每次看到這道封面上的傷痕，我就會產生這個念頭。啊……我不夠乾淨漂亮，我是被拋棄的書。

可是，是我把自己搞成這副德性的。

怨不得任何人，也不是上一個主人的錯，是我自作自受。

所以我一直以為，我再也不會受到讀者的青睞——

在那之後又過了幾十分鐘。

坐在椅子上，凝視著插在櫃臺上花瓶裡白色與黃色的玫瑰花，讀美回想芽衣剛才告訴自己的事。

芽衣現在正躺在書架上睡覺，因為不想讓其他人看見她哭腫的雙眼。的確，要是被篤武那群人知道了，可能會問她：「妳怎麼了！」表現出過度的關心。

再也不會受到讀者的青睞……芽衣這句話令讀美揪著一顆心。才沒有這回事——讀美心想。

因為讀美就很喜歡芽衣，也是她的讀者。

只不過，讀美是桃源屋書店的店員，而且也看過芽衣化為人形的模樣，所以就算她這麼說，也無法滿足芽衣「以一本書的身分被人所愛」的心願吧。

讀美思索著能不能為芽衣做點什麼。

好讓她以積極的心態等待與讀者的相遇。

讀美從桃源屋書店回到家，與正在沙發上做女紅的英子商量這件事。

「嗯……這還真難辦啊。如果是普通的書，就可以把破損得比較嚴重的地方割下來、拆開，把破破爛爛的部分換掉即可，也有這樣的業者……可是幻本無法進行這麼大規模的修補吧？」

讀美光是想像，血色便從臉上褪盡。

要是真這麼做了，說不定芽衣會在修補的過程中魂飛魄散。

「再不然就是……」

英子邊討論，手邊的針線活也沒停下。

「……姊，妳從剛才就在縫什麼？」

讀美好奇地觀察姊姊的動作。

白色與黃色的玫瑰圖案十分美麗的布料，正逐漸在英子的手中成形。

「這個？我不是說過嗎，要為奶奶做一件書衣。」

英子把縫到一半的布料攤開放在膝蓋上，然後再把擺在桌上的阿松本體放到那塊布上，像是穿上書衣似地包給讀美看：「大概是這種感覺。如何？還不賴吧？」

英子看著讀美，志得意滿地提起嘴角。

感覺的確挺不賴的。即使是已經劣化到殘破不堪的阿松，這麼一來也不會一看就知道是本舊書了。

想到這裡……驀地，讀美有個想法。

為芽衣的本體包上書衣如何？

「姊……妳覺得為幻本包上書衣如何？」

「為幻本？嗯……我覺得挺不賴的，但物理上有可能嗎？」

「我也不曉得……」

「妳是想為芽衣做一件書衣吧？」

「沒錯，我就是有這個打算。」

「既然如此，就要看她的意願了不是嗎？書衣這種東西，也有讀者不喜歡的。理由琳瑯滿目，像是看不見書的封面、或者是妨礙閱讀等等，所以我猜也有書本不喜歡吧。」

「說得也是……嗯，那我問問芽衣的意見。總之先做好準備再說。」

「可以啊。如果她不喜歡就算了……啊，那塊布還有剩，妳可以拿去用喔！看上去也很適合芽衣。」

「此話當真？那我就不客氣囉。對了，英子姊姊。」
「什麼啦，幹嘛這麼正經，有什麼企圖？」
「請教我書衣的做法。」
讀美雙手合十，宛如向英子膜拜似地請求。她沒用布縫過書衣，就連用紙摺的書衣，實際上也沒做過。
「可以啊。」英子乾脆地一口答應。
「謝謝姊姊！」
「算是感謝妳幫我找到奶奶。」
英子說完，露齒一笑。
「那就事不宜遲——」讀美大喜過望，充滿幹勁地把布拿在手裡。
「別急別急。」英子阻止她。「妳要怎麼製作芽衣專用的書衣？知道尺寸嗎？」
「啊，這個嘛……」
「妳去打工的時候先量好芽衣的尺寸，然後再動手也不遲。」
「了解！」
讀美精神抖擻地回答，坐在英子身邊，想先觀摩姊姊為阿松製作書衣的過程，好做為預習。

然後到了第二天。

讀美一抵達桃源屋書店——

「妳、妳做什麼？這麼突然。」

「別問了別問了……嗯，原來如此，謝啦！」

讀美不由分說地把量尺貼在芽衣的本體上。想也知道，芽衣完全丈二金剛摸不著頭腦。

終章·裏

越冬之花

自新年伊始又過了兩個禮拜的星期日。今天是桃源屋書店的公休日。

讀美正對著冰川神社的正殿，誠心祝禱。

——一直以來感謝您了。今年也請多多關照。

讀美在心裡唸完這串話，睜開閉著的雙眼，望向旁邊。

映入眼簾的是與讀美一樣雙手合十的朔夜。

遵守帶阿松從秩父回來時在電車上的約定，兩人今天一起來新年參拜。由於距離過年已經有一段時間了，參拜的人數顯然少了很多。但因為是星期天，所以神社境內依舊充滿活力。

「拜完了嗎？」

「嗯。啊，朔夜，我們去抽籤吧！」

上次抽籤已經是去年夏天的事了。當時讀美抽中的既不是吉也不是凶，而是介於兩者正中央的運勢。

「我這輩子還沒抽過籤呢。」

「真的嗎？那就更要去抽了！」

與朔夜一起走向抽籤的地方，從放在那裡的籤筒裡各抽出一根，小心翼翼地打開，以免把籤詩弄破了……先打開籤詩的朔夜發出「欸！」的一聲。

「這是什麼……又凶又吉的。」

「是凶向吉吧？我還沒看過這種籤呢。」

「所以呢……結果這到底是凶還是吉啊？」

「我也不清楚，是不是否極泰來的意思啊？」

「那不就是凶的意思嗎？妳抽到什麼？」

「我瞧瞧……哦，原來如此！」

讀美將籤詩平整地攤開，朔夜探頭探腦地湊過來看。

「……向吉嗎？這也是變好的意思嗎？」

「可是我跟朔夜不一樣，好像不是凶喔！」

「瞧妳說得沾沾自喜……然後呢，這個要怎麼處理？」

「這個嘛，這邊。」

讀美帶朔夜到綁籤詩的地方。

「也可以把籤詩帶回去，不然就把抽到的籤詩像這樣……摺起來，然後綁在這裡……」

讀美將仔細地摺得細細長長的籤詩綁在掛籤詩的地方。真不愧是大過年的，幾乎沒有空位。

「這樣就行了。」

讀美確實地把籤詩綁好。

已經不會再搞到破破爛爛了。感覺去年夏天還手忙腳亂的事，如今已經有了長足的進步，總覺得很驕傲。

讀美集中精神綁籤詩的過程中，朔夜早就在一旁動作利索地綁好了。每個人都有擅長與不擅長的事嘛——讀美不以為意地聳肩。

而且讀美在這半年間了解到一件事，就算不擅長，也不表示就束手無策，還是有人只要多花點時間努力，就能一點一滴地慢慢進步。

「……然後呢，要去書店嗎？」

參拜完，鑽出神社的第一鳥居時，朔夜望向通往桃源屋書店的羊腸小徑，用下巴指著前方。

今天是書店的公休日，但已經問過並會在店裡了，他還說隨時都可以過去玩。

「嗯，我找芽衣有事。」

「好，那就走吧。」

朔夜邁開大步往前走。

「咦，等一下，慢點慢點，朔夜，你走太快了……」

生怕被手長腳長的朔夜拋下，讀美不假思索地抓住他的手臂。

這麼一來簡直像是手挽著手。

「啊，呃，那個，抱歉，我不是這個意思……」

讀美趕緊要把手放開的瞬間，朔夜反過來抓住她的手。

「……就算是這個意思也沒關係喔！好了，快點走吧。」

手被朔夜牽著，讀美也往前走。

嘴巴明明動了，卻無法構成回答，就連聲音都發不出來。比起這個，手、臉頰、全身都好熱，熱到幾乎讓人忘了現在是冬天。

讀美想像自己現在是什麼表情，真希望不要被任何人看見她與朔夜手牽手地走向書店。

她從未想過，與人牽手原來是一件這麼幸福的事。

兩人不約而同地在書店前鬆開手，讀美為了掩飾害羞，衝上前去推開書店的大門。一踏進去，正和豆太鬧著玩的篤武便映入眼簾。

「咦，讀美妳好。你們今天不是休息嗎……啊，我知道了，約會對吧！」

「篤武，你過來這邊一下。」

「欸？什麼事？好痛痛痛痛痛！朔夜住手，紙張要縐了，要縐掉了啦！」

篤武被帶到書架間，從那裡傳來他的哀號。「要學會察顏觀色啦。」讀美也在心裡叨唸一下，所以不打算去救他，帶著似乎覺得篤武的哀號很莫名其妙的豆太走進店裡。

「並先生，午安。」

「啊，讀美，妳來啦？妳說的那個，完成了嗎？」

「完成了，真是好不容易。」

讀美搓著自己的指尖。

她沒做過針線活，所以指尖充滿了不小心戳出來的傷口，甚至還殘留了一些血跡。

「芽衣會不會喜歡呢？」

「天曉得……但願她會喜歡就好了。」

「妳找芽衣的話，她在那裡。」

並指著櫃臺的左手邊。

芽衣站在神壇前。若有似無地靠著書架，目不轉睛地盯著神壇裡的神之幻本。單薄的黑色連身洋裝與以白色為基調的書店裝潢形成強烈的對比，看起來彷彿只有她一個人與世隔絕。

並以笑容目送讀美走到芽衣身邊。

「芽衣。」讀美出聲輕喚，芽衣這才注意到她，轉過身來。

「讀美……怎麼？妳今天不是不用上班嗎？」

「嗯，我是來找妳的。」

「找我？有什麼事？」

芽衣一臉費解地微側螓首。

讀美鄭重其事地從包包裡拿出一包東西。

「這是送給妳的禮物。」

「……送給我的？」

芽衣的表情更加費解了。

「我不曉得幻本可不可以用，也不曉得妳會不會喜歡……」

讀美邊說邊拆開包裝……從中取出自己特別為芽衣做的書衣。

看到用白色與黃色玫瑰圖案的布料做成的書衣，芽衣瞪圓了眼珠子。

「這個是……要給我的？」

「嗯。我是用姊姊為阿松婆婆製作書衣的布料來做的，不過縫得不是很漂亮就是了。」

「妳說是妳做的……該不會是讀美親手做的吧？為了我？」

「沒錯。因為妳說看到封面的傷痕就會想起不愉快的往事，所以我想那就包上書衣好了……抱歉，我是不是太多管閒事了……」

「請為我穿上。」

咦？讀美手裡拿著書衣，眨了眨眼睛。

「請為我穿上那件書衣。」

芽衣輕輕地將本體遞給讀美。

讀美接過……於是芽衣的身影倏忽消失，有如將本體任由讀美處置。

遵守芽衣消失前的吩咐，讀美將書衣包在她的本體上。當封底也罩上書衣後，讀美從頭到腳檢查了一番。雖然縫線有些粗糙的地方，但書衣的大小既不會太緊，也不會鬆垮垮的，與芽衣的本體恰好相符。

「芽衣，感覺如何？」

因為沒反應，讀美不安地對著芽衣的本體發問。

忽然，書中竄出一縷白色輕煙。

是芽衣——正當讀美這麼想的瞬間。

讀美的眼前出現了一座花園。

不，那不是花園，而是芽衣的連身洋裝。

原本一身黑的洋裝，變成鮮豔的圖案，就像讀美做的書衣布料那樣。

「芽衣，妳的衣服……」

為此大吃一驚的似乎不只讀美。

就連芽衣本人，看到穿在自己身上的衣服，也呆若木雞。

「欸，呃……雖然不是很清楚發生什麼事了……但是好棒喔，很好看。」

芽衣臉上慢慢地綻放出一朵麗似夏花的笑容。

「……讀美，謝謝妳。」

芽衣輕撫著自己罩上書衣的本體。

指尖的動作與平常漫不經心的豪邁不同，細心地，溫柔地，簡直就像在觸碰什麼心愛的、重要的東西。

「……即使穿上書衣，傷痕也不會消失，或許我本身也不會有任何改變……但是，總覺得心情輕鬆多了，似乎也能喜歡上……這樣的自己了。」

淚水蓄積在芽衣微笑的眼角，化為閃閃發亮的珍珠，順著臉龐滑下。

芽衣以至今從未展現過的滿臉笑容哭泣著。

「我從來不知道，原來高興也是會流眼淚的……能夠來到這裡，真是太好了。」

芽衣笑中帶淚地說。讀美伸手去觸摸她的本體。

「我也覺得芽衣能出現在這裡真是太好了喔……能遇見妳，真是太好了。」

沒錯，太好了。

她曾經以為不可能找到阿松，曾經以為自己無法完成姊姊的心願。

同樣地，也曾經以為無法讓芽衣明白自己的心意。

一直受到拒絕，還以為可能無法碰觸到她緊閉的內心。但是她不但找到阿松，似乎也讓芽衣感受到自己對她的重視了。

尋找阿松。將心情傳達給芽衣。

雖然很辛苦，雖然花了很多時間……但她還是很慶幸，兩者她都努力嘗試過。

慶幸自己沒有放棄。

肯定是因為她沒有放棄，所以才能有這一刻、這一瞬間。

「嗚……哇啊啊啊啊！」

芽衣開始放聲大哭。

可能是被她的聲音嚇到，書店裡的成員從各個角落蜂擁而至。

「怎麼了？怎麼了？妳們兩個怎麼了……哇！芽衣，妳那件衣服是怎麼來的，好漂亮噢！」

最先提到的並眼睛為之一亮地看著芽衣。

接著是從書架間聞聲而來的篤武，不敢置信地說：「哇噢，後輩變身了耶？好棒啊！突然變得光彩照人……這是什麼？咦？書衣？欸！好好噢！如果我也穿上書衣，是不是也能變身呢？」

「我可以做給你喔！用報紙做如何？」

朔夜的提議讓篤武把本體壓在朔夜的背上，提出要求：「拜託你至少用英文報紙！」

最後是踩著輕快腳步而來的豆太，直勾勾地盯著芽衣，歡天喜地地搖著尾巴，大聲地「汪！」了一聲。似乎是在說：「感覺挺不賴的嘛！」

在書店裡的大夥兒包圍下，芽衣很害羞的樣子。一方面是因為突然換了衣服，受到大家的讚美，另一方面也是因為被大家看到她哭泣的模樣吧。她有些手足無措地試圖躲到讀美背後，只是，她那不好意思的表情，根本是欲蓋彌彰。

就在這個時候，徒爾出現了。

「少爺，我拿來了──哦？」

好像是來找並的，手裡還拿著一臺單眼相機。

「……大家全都聚集在這裡做什麼呢？」

徒爾問歸問，但是看到被大家團團圍住的芽衣，似乎已經察覺到什麼了。他嘴角的鬍鬚微微抽動，眼神變得柔和。

「嗯……真好看的衣服，很適合妳。」

芽衣似乎有點怕徒爾，躲在讀美身後，充滿戒心地看著老管家，但還是對這句話低頭行禮，雙頰飛紅地喃喃低語：「謝謝。」

「對了，徒爾，謝謝你把相機拿過來。」

並從徒爾手中接過相機，向他道謝。

「你拿相機要做什麼？」讀美問並。

「嗯？哦……我都會利用公休日，為新來的人拍照喔！因為大家不曉得什麼時候就會離開這裡，去到讀者身邊，所以要像這樣好好地留下大家在這裡生活過的證據。」

「我也被拍過。」

「我也是，而且還是偷拍。」

「還好意思說，是朔夜太不合作了。所以我想差不多也該為芽衣拍照了……看樣子時機剛剛好呢！」

並笑咪咪地看著身穿碎花洋裝的芽衣。

「欸，不、不要啦！我討厭拍照。」

「一張就好了。」

「不要。」

「無論如何都不行嗎？」

「讀美也一起入鏡的話，我就讓你拍。」

「咦……那、那就大家來拍大合照吧！」

讀美的建議讓並喜上眉梢地附議：「真是個好主意。」

所有人都走到書店外頭。

在藍得望不見一片雲的晴空下，曬著一月的暖陽，不管是庭院裡碩果僅存的綠意，還是白色牆壁的書店，全都像是淡彩的水彩畫般，閃閃發光。

人類穿著厚重的冬衣，書本們則還是衣衫單薄的模樣。要是被一無所知的旁人看到了，肯定會露出詫異的表情。

「以書店為背景拍攝吧！大家在這裡站成一排。」

徒爾回屋子裡拿腳架過來，將相機安置在書店前方。

就在徒爾調整著焦距時。

「花好像快開了。」

芽衣輕聲細語地低喃。

在哪裡？讀美環顧著庭院，但是到處都看不到已經綻放的花。

在她東張西望的當口，徒爾似乎已經準備好了。按下設定好時間的快門鍵，老管家衝向大家排排站的地方。

閃光燈閃了幾下，隨後傳來快門「咔嚓！」的聲響。

「嗯，拍得挺不錯的。」

大概是單眼數位相機吧，當場就能檢查拍攝效果。並心滿意足地嚷嚷。

「唔……好冷……」朔夜邊抱怨邊走回書店裡。「你都不會冷吧，真羨慕你。」結果引來篤武的仰天長嘆：「我好想趕快得到會覺得冷的身體啊……」

「芽衣，妳說花好像快開了，在哪裡？我怎麼都沒看到。」

讀美與大家一起走回店裡，問走在身後的芽衣。

只見芽衣的嘴角浮現出一抹笑意，眉開眼笑地回答：「這個嘛，在哪裡呢？」

「咦？……好冷，好冷，芽衣，快進來。」

讀美雖然覺得很莫名其妙，但是在寒風的吹襲下，催促芽衣快進到書店裡。

「好，回去吧！」

玫瑰圖案的洋裝裙襬隨風輕舞飛揚，宛如一朵盛開的花，芽衣也走向書店。

走向非常暖和、非常溫柔的書店。

曾經對活著、對相遇感到絕望。

曾經以為未來就是一片黑暗。

可是，並不是那樣的。

冬天不會永遠持續。因為春天正蓄勢待發。

到了溫暖的春天，種子就會發芽，然後還會開花吧。

我曾經以為，我心中已經沒有種子了，我只會逐漸枯萎凋零。

可是，看來不是那樣的。

來到這家書店，遇見這些人，遇見這些書，使得希望的種子在我心裡落下。

也許或早或晚，那顆種子也會有開花的一天。

只要活著，總有一天就能遇到那個重要的人也說不定。
來到這家書店，我明白了這個可能性。有人教會我這個可能性。
所以我想留在這裡，在這家書店裡，等待屬於我的讀者。
給我未來的讀者。
請你，請你找到我。
我這個人，我這本書……正在等待與你相遇。

◆◆◆

綻放得再美麗的花，
命中注定難逃枯萎的命運。
但是，經歷過相遇的花，
會將生命託付給種子。
等到開盡荼蘼，種子落地，

再熬過冬天，撐到春天——
總有一天會再開花，
而且是非常、非常美麗的花。

——摘自萩川千夜著《花的一生》

國家圖書館出版品預行編目資料

神居書店：越冬之花／三萩千夜著；緋華璃譯 .--
初版 . -- 臺北市：皇冠，2017.01
面；公分 .--（皇冠叢書；第 4595 種）(mild; 6)

譯自：神さまのいる書店　冬を越えて咲く花
ISBN 978-957-33-3274-9（平裝）

861.57　　105022302

皇冠叢書第 4595 種
mild 6

神居書店

越冬之花

神さまのいる書店 冬を越えて咲く花

作　　者—三萩千夜
譯　　者—緋華璃
發 行 人—平雲
出版發行—皇冠文化出版有限公司
台北市敦化北路 120 巷 50 號
電話◎ 02-27168888
郵撥帳號◎ 15261516 號
皇冠出版社（香港）有限公司
香港上環文咸東街 50 號寶恒商業中心
23 樓 2301-3 室
電話◎ 2529-1778　傳真◎ 2527-0904
總 編 輯—許婷婷
責任編輯—陳怡蓁
美術設計—嚴昱琳
著作完成日期— 2016 年
初版一刷日期— 2017 年 01 月
初版三刷日期— 2020 年 07 月
法律顧問—王惠光律師

讀者服務傳真專線◎ 02-27150507
電腦編號◎ 562006
ISBN ◎ 978-957-33-3274-9
Printed in Taiwan
本書定價◎新台幣 260 元 / 港幣 87 元